Organização de **Vagner Amaro**

Do Índico e do Atlântico: contos brasileiros e moçambicanos

Autores moçambicanos selecionados
por Dany Wambire

2ª reimpressão

Fundza - Beira

Malê - Rio de Janeiro

ISBN 978-859-2736-38-5

Contos

Coordenação editorial e revisão: Gustavo Sabamba
Capa: Bruno Pimentel Design
Projeto gráfico e Edição: Gimo da Graça

Por solicitação dos autores, esta obra manteve as variantes da língua portuguesa falada no Brasil e em Moçambique.

Dados internacionais de catalogação na publicação (CIP) Vagner Amaro CRB-7/5224

I39 Do Índico e do Atlântico: contos brasileiros e moçambicanos / Organização de Vagner Amaro; seleção de autores moçambicanos por Dany Wambire. - Rio de Janeiro: Malê; Beira: Fundza, 2019.
139 p.; 21 cm.
ISBN 978-859-2736-38-5

1. Contos brasileiros 2. Contos moçambicanos I. Wambire, Dany
II. Título

CDD – B869.301

Índice para catálogo sistemático: 1. Literatura brasileira: contos. B893.301

www.editoramale.com.br
contato@editoramale.com.br

SUMÁRIO

Apresentação

Do Índico e do Atlântico: contos brasileiros e moçambicanos é uma coletânea que objetiva contribuir com o intercâmbio cultural literário entre Brasil e Moçambique. A obra é resultado de um convite do jovem escritor Dany Wambire para a produção de um livro que colaborasse com a promoção da literatura moçambicana no Brasil, e, também, promovesse em Moçambique a literatura de alguns dos principais autores da literatura brasileira contemporânea.

Coube a Dany Wambire a seleção dos escritores moçambicanos, tarefa que cumpriu de forma aplausível, por considerar na sua seleção uma diversidade literária instigante em contos que apresentam grande domínio técnico narrativo e estilos bem definidos dos seus escritore(a)s. Da minha parte, optei por tentar traduzir a cena literária brasileira atual, selecionando escritore(a)s, prosadore(a)s sensíveis e hábeis, que por temáticas, estilos e apuro técnico, contribuem em textos ficcionais, com muito do que há de mais interessante na literatura brasileira.

Desta forma, apresenta-se em *Do Índico e do Atlântico*, para a fruição dos leitores, os contos brasileiros de *Conceição Evaristo* (Os pés do dançarino), *Marcelo Moutinho* (Oxê), *João Anzanello Carrascoza* (Dias raros), *Rafael Gallo* (Corte), *Eliana Alves Cruz* (Noite sem lua), *Cristiane Sobral* (223784) *e Miguel Sanches Neto* (Sabor) e os contos moçambicanos de *Mia Couto* (Rosalinda, a nenhuma), *Lília Momplé* (Stress), *Alex Dau* (Menina Teresinha), *Diogo Araújo Vaz (*Apocalipse*), Dany Wambire (*A mulher sobressalente*), Carlos dos Santos* (O ilusionista) *e Daniel da Costa* (A flauta do Oriente).

DO ÍNDICO

Embora as literaturas contemporâneas brasileira e moçambicana não sejam tão conhecidas entre os dois países, em dado momento histórico, entre as décadas de 1950 e 1970, as conexões literárias entre Brasil e Moçambique contribuíram para a formulação do sistema literário moçambicano, com destaque, neste trânsito, para a literatura do escritor Jorge Amado.

O escritor Mia Couto, presente nesta coletânea, já afirmou em textos e palestras sobre a importância de Jorge Amado para a literatura de Moçambique. Segundo Couto (2007), os escritores moçambicanos careciam de um português sem Portugal, de um idioma que, sendo do Outro, ajudasse os escritores moçambicanos a encontrarem uma identidade própria. Para Mia Couto, Jorge Amado, e outros escritores brasileiros devolviam aos moçambicanos a fala num outro português, mais açucarado, mais dançável, mais do jeito de ser moçambicano. No mesmo período em que a obra de Jorge Amado chegava a Moçambique, também chegavam os textos de Manuel Bandeira, Raquel de Queiroz, Carlos Drummond de Andrade, João Cabral de Melo Neto, João Guimarães Rosa, entre outros, influenciando a literatura e a cultura moçambicanas.

Por outro lado, é apenas a partir da década de 1990 que ocorre um aumento de conhecimento no Brasil sobre a ficção moçambicana, com destaque para escritores como Mia Couto, Paulina Chiziane e Ungulani Ba Ka Khosa. Este encontro, que em primeira análise parece tardio, está relacionado, entre outros fatores, com a própria história da literatura moçambicana. Segundo Salgado (2004), a ficção moçambicana parecia fadada ao surgimento esparso de obras isoladas, como a precursora *Godido e outros contos*, de João Dias, em 1952; a emblemática *Nós matamos o cão tinhoso*, de Luís Bernardo Honwana, em 1964; ou a pioneira no campo do romance moçambicano, *Portagem*, de Orlando Mendes, em 1966. Para a pesquisadora, com a narrativa de Mia Couto, a partir dos anos de 1980, a literatura contemporânea moçambicana recebeu um grande impulso para se projetar no espaço da ficção, e, nesse mesmo período, também se revelou a prosa de Ungulani Ba Ka Khosa, Lília Momplé, Paulina Chiziane e Suleiman Cassamo, sem falar em uma série de outros ficcionistas revelados pela revista *Charrua*, como Aníbal Aleluia e Pedro Chissano. Salgado (2004) afirma que nesse período houve uma verdadeira explosão de talentos na narrativa moçambicana, atestada na antologia de contos, *As mãos dos pretos*, organizada por Nelson Saúte.

Vê-se, pelas asserções de Salgado, que a ficção moçambicana ganha maior corpo a partir da década de 1980 e, neste sentido, entender a literatura moçambicana a partir da perspectiva de Francisco Noa nos aponta caminhos para pensarmos a reunião de contos moçambicanos em *Do Índico e do Atlântico*. Para Noa (2017), a literatura moçambicana surgiu em contraponto à literatura colonial, que era feita pelos brancos, que ridicularizavam e diminuíam os negros; os escritores surgem para se insurgir contra isso, valorizando o negro e, nessa fase, a nacionalidade contrapõe-se à colonialidade. O pesquisador ainda aponta outra fase desta literatura, que chama de transnacionalidade, representada por uma geração que não está preocupada com as raízes, que pensa na globalização e na imersão no mundo atual.

Francisco Noa (2015) define como principais características dominantes da literatura moçambicana: emerge durante o período da vigência do sistema colonial; é uma literatura relativamente recente: cerca de 100 anos de existência; traduz os paradoxos e complexidades gerados pela colonização, quais sejam, literatura escrita e difundida na língua do colonizador, dualismo cultural ou identidade problemática dos autores, oscilação entre absorção e negação dos valores e códigos da estética ocidental, etc.; em praticamente todo o seu percurso a maior parte dos textos é difundida sobretudo na imprensa, fato que irá prevalecer sensivelmente até meados da década de 1980; é um fenômeno essencialmente urbano.

Até 1975, Moçambique era colônia portuguesa e as produções desse período são consideradas como literatura colonial; no entanto, vale ressaltar que de modo insurgente; a partir das décadas de 1940 e 1950, já se inicia uma produção de uma literatura com uma temática diferenciada. A pesquisadora Fátima Mendonça indica uma periodização para a história da literatura moçambicana. Desta forma, de 1925 a 1947, há uma temática de assimilação; de 1947 a 1964, existe a produção de poesia que contesta o colonialismo; e de 1964 a 1975, surgem textos que, além de contestar o colonialismo, buscam a construção de uma identidade nacional.

Destaca-se também a geração de escritores que surgiram na década de 1980 em torno da AEMO - Associação de Escritores Moçambicanos (1982), como também, na década de 1990, em torno da revista *Oásis* (1997). E, por fim, há neste livro a presença de escritores da "Geração Internet", surgida nos anos 2010, agregados nas revistas *Literatas* (2011) e *Soletras* (2013), da qual Dany Wambire é o editor. Diante disso, vamos aos contos e aos seus autores, destacando suas estreias em obras individuais e pela ordem em que se apresentam no livro:

Mia Couto (1955). Escritor, professor, jornalista e biólogo. Estreou na literatura com um livro de poesia, *Raiz de orvalho*, publicado em 1983 e no conto, com o livro *Vozes anoitecidas*, em 1986. Recebeu diversos prêmios, entre eles o Prêmio Camões, em 2013. No conto *Rosalinda, a nenhuma*, o autor narra de forma metafórica uma história de amor póstumo, mas também de busca pela identidade.

Diogo Araújo Vaz (1978). Escritor e gestor. Estreou na literatura com *Contos de Guicalango* (2010) - Prémio Minerva Central 100 anos e Maria Odete de Jesus. Em *Apocalipse*, o autor narra a atuação do homem no mundo, o antropocentrismo e a necessidade de se buscar um sentido, uma invenção para explicar as desmedidas humanas em relação à natureza.

Carlos dos Santos (1962). Escritor e professor, formado em Psicologia e Pedagogia. Estreou com o romance de ficção científica *A quinta dimensão* (2006). No conto "O ilusionista", Carlos dos Santos apresenta uma experiência com o fantástico quando uma menina vai até o galinheiro buscar ovos para a mãe.

Lília Momplé (1935). Escritora e professora. Entre 1995 e 2001, exerceu a função de secretária-geral da Associação dos Escritores Moçambicanos. Estreou com o livro

Ninguém matou Suhura (contos, 1988); na sua obra também se destacam *Neighbours* (romance, 1996) e *Os olhos da cobra verde* (contos, 1997). Em "Stress", um professor comete um crime quando é interrompido de assistir a televisão; uma vizinha testemunha o assassinato.

Daniel da Costa (1966). Escritor, professor, jornalista e diplomata. Estreou em 2003 com uma coletânea de crônicas, *Xingondo*. Em "A flauta do Oriente", o velho Saguate consegue domar a sua dor com o recurso de uma flauta importada da Índia.

Dany Wambire (1989). Escritor e professor. Estreou em 2013, com o livro *A adubada fecundidade e outros contos*. É diretor da revista *Soletras* – a sopradora de letras. Em "A mulher sobressalente", Dany apresenta a tensão entre tradição e contemporaneidade, quando uma mulher precisa retornar para sua aldeia, obedecendo às ordens de seu pai.

Alex Dau (1972). Estreou em 2004, com a obra *Reclusos no tempo*. Em "Menina Teresinha", Alex Dau apresenta a história de uma menina de quinze anos e seus pequenos desafios para cuidar do pai que tanto ama.

DO ATLÂNTICO

Os autores elencados neste livro fazem parte da diversidade da literatura brasileira contemporânea, que sucede o modernismo na literatura brasileira. O modernismo teve grande importância e características marcantes, como a quebra dos padrões tradicionais e a busca da identidade nacional. Muitos pesquisadores indicam como início da literatura brasileira contemporânea a década de 1960. Em busca por uma nova forma de expressão literária no pós-modernismo, a literatura brasileira contemporânea foi marcada por alguns fatores sociais, como a mercantilização da literatura, a modernização urbana, o processo rápido de industrialização e do consumismo, as lutas de classe, e a agressividade no meio político. Para Santiago (2002), de maneira tímida e depois obsessiva, a literatura brasileira, a partir do golpe militar de 1964, passou a refletir sobre o modo como funciona o poder em países cujos governantes optam pelo capitalismo selvagem como norma para o progresso da nação e o bem estar dos cidadãos. Para o autor, operou-se um importante processo evolutivo linear do modernismo, concretizado por um gesto de ruptura que determina o aparecimento de um novo período da nossa história literária, chamado de pós-modernista.

Vale também destacar que o grande período pós-1964 até a atualidade, nos instiga a refletir que a pluralidade da literatura brasileira contemporânea é decorrente da influência de fatos históricos e contextos socais. Neste sentido, com exceção de João Anzanello Carrascoza, que publica seu primeiro livro, *Hotel Solidão*, em 1994, todos os outros textos brasileiros que compõem esta coletânea são de escritores e escritoras que passam a publicar depois dos anos 2000. Alguns fazem parte do que se convencionou chamar de Geração 90 e Geração 00, autores que fizeram uso das possibilidades que a Internet oferece para divulgação dos seus textos e que aparecem em diversas coletâneas destas duas décadas.

Outro destaque, tratando-se da literatura brasileira contemporânea, se dá em relação as vozes tradicionalmente invisibilizadas, como as das escritoras negras. Estas escritoras encontraram, a partir do início da década de 1980, nos *Cadernos Negros* – publicação periódica voltada para a produção de escritores e escritoras afrodescendentes – um espaço para a divulgação dos seus textos. Logo, percebe-se que o entendimento sobre a literatura brasileira contemporânea e dos textos apresentados nesta coletânea também passa pela emergência das novas vozes sociais que disputam espaços para participar do campo literário. Para Dalcastagnè (2012) pensar a literatura brasileira contemporânea depende de movimentar um conjunto de problemas. Isso porque todo espaço é um espaço em disputa, seja ele inscrito no mapa social, ou constituído numa narrativa. Daí o estabelecimento das hierarquias, às vezes tão mais violentas quanto mais discretas consigam parecer: quem pode passar por esta rua, quem entra neste *shopping*, quem escreve literatura, quem deve se contentar em fazer testemunho.

O que Dalcastagnè (2012) alerta é que a não concordância com as regras implica avançar sobre o campo alheio, o que gera tensão e conflito. Por isso a necessidade de se refletir sobre como a literatura brasileira contemporânea, e os estudos literários, se situam dentro desse jogo de forças, observando o modo como se elabora (ou não se elabora, contribuindo para o disfarce) a tensão resultante do embate entre os que não estão dispostos a ficar em seu "devido lugar" e aqueles que querem manter seu espaço descontaminado.

É interessante perceber que o jogo de forças citado por Regina Dalcastagnè é totalmente aplicável para se pensar as disputas na construção do sistema literário moçambicano.

Dito isto, vamos aos contos brasileiros, na ordem em

que aparecem no livro e com destaque para a estreia dos autores em obras individuais:

Eliana Alves Cruz (1966). Escritora e jornalista pós-graduada em Comunicação Empresarial. Foi vencedora do concurso de romances da Fundação Cultural Palmares/MINC em 2015, com o romance *Água de barrela*. Em 2018, publicou pela Editora Malê o romance *O crime do Cais do Valongo*. Em "Noite sem lua", Eliana apresenta as angústias de Marilene diante de uma sociedade que discrimina a sua cor.

Cristiane Sobral (1974). Escritora, dramaturga e atriz. Estreou na literatura em 2010, com o livro de poemas *Não vou mais lavar os pratos*. No conto "223784", a escritora narra uma relação de afeto e cumplicidade entre pai e filha. A relação é afetada pelo relacionamento amoroso inter-racial da filha.

Rafael Gallo (1981). Escritor, autor do romance *Rebentar* (2015), livro vencedor do Prêmio São Paulo de Literatura e de *Réveillon e outros dias* (2012), livro vencedor do Prêmio Sesc de Literatura. Em "Corte", Rafael Gallo conta a história da relação de uma avó com a sua neta afrodescendente.

Miguel Sanches Neto (1965). É escritor, professor universitário e crítico literário. Estreou com o romance *Chove sobre a minha infância* (2000). Em "Sabor", o escritor narra as experiências de três meninos quando testemunham duas cenas de morte.

Marcelo Moutinho (1972). É escritor e jornalista. Estreou com o livro de contos *Memória dos barcos* (2001). Oxê é um machado de dois gumes, no candomblé é chamado de machado de Xangô. O conto "Oxê" de Marcelo Moutinho se passa na histórica derrota do Brasil para Alemanha na Copa do Mundo de 2014, sob a perspectiva de um segurança apaixonado.

João Anzanello Carrascoza (1962). É escritor e professor universitário. Estreou com o livro *Hotel Solidão* (1994). No conto *Dias Raros*, Carrascoza narra a visita de um menino a sua avó e as descobertas que surgem da relação de afeto que se instaura entre eles.

Conceição Evaristo (1946). É escritora e professora. Estreou com o romance *Ponciá Vicêncio* (2003). No conto "Os pés do dançarino", Conceição Evaristo apresenta a história de Davenir, exímio dançarino, e a necessidade de um reencontro com sua ancestralidade.

Pelos contos selecionados e pelos entrecruzamentos entre histórias, culturas e literaturas brasileira e moçambicana, assim como pela pluralidade dos autores que nesta obra apresentamos, *Do Índico e do Atlântico: contos brasileiros e moçambicanos* se constitui como um importante documento para revelar as conexões entre os dois países. Em um vínculo mais poético, é mão estendida para o cumprimento, trajeto traçado para aproximação, ponte, navio, rota e espelho. Uma possibilidade de reencontro.

Referências:

COUTO, Mia. Jorge Amado. **O Estado de São Paulo**: São Paulo. 5. Abr. 2008.

DALCASTAGNÈ, Regina. Um território contestado: literatura brasileira contemporânea e as novas vozes sociais. In:

Besse, Maria Graciete; Tonus, José Leonardo; Dalcastagnè, Regina (Coords.) La littérature brésilienne contemporaine Iberic@l. **Revue d'études ibériques et ibéro-américaines**, n. 2, p. 13-18. 2012.

MACÊDO, Tânia Celestino. A presença da literatura brasileira na formação dos sistemas literários dos países africanos de língua portuguesa. **Via Atlântica**, São Paulo, v. 13, p. 123-152. 2008. Disponível em: https://doi.org/10.11606/va.v0i13.50259

MENDONÇA, Fátima. **Reflexões em torno da literatura moçambicana.** 2017. Disponível em http://opais.sapo.mz/reflexoes-em-torno-da-literatura-mocambicana

NOA, Francisco. **Uns e outros na literatura moçambicana**. São Paulo: Kapulana, 2015.

NOA, Francisco. Francisco Noa, professor e escritor: "Literatura moçambicana foi resposta à dominação". **O Globo**: Rio de Janeiro, 19 dez. 2017.

SALGADO, Maria Teresa. Um olhar em direção à narrativa contemporânea moçambicana. **Scripta**: Rio de Janeiro. V. 8, N. 15. 2004. Disponível em: http://periodicos.pucminas.br/index.php/scripta/article/view/12587/9886

SANTIAGO, Silviano. **Nas malhas das letras.** Rio de Janeiro: Rocco, 2002.

Vagner Amaro

Mestre em Biblioteconomia

e Editor da Malê.

ROSALINDA, A NENHUMA

Mia Couto

É preciso que compreendam: nós não temos competência para arrumarmos os mortos no lugar do eterno.

Os nossos defuntos desconhecem a sua condição definitiva: desobedientes, invadem-nos o quotidiano, imiscuem-se no território onde a vida deveria ditar sua exclusiva lei.

A mais séria consequência desta promiscuidade é que a própria morte, assim desrespeitada pelos seus inquilinos, perde o fascínio da ausência total. A morte deixa de ser a mais incurável e absoluta diferença entre os seres.

Rosalinda era mulher retaguardada, fornecida de assento. Senhora de muita polpa, carnes aquém e além roupa. Sofria de tanto volume que se sentava no próprio peso, superlativa. Já fora esbelta, dessas mulheres que explicam o amor. Magreza sucedida em seus tempos. Pois que, desde que enviuvou, ela se desentreteu, esquecida de ser. Rosalinda, agora, se cansava de tanta hora: mascava mulala, enrolando a saliva-laranja. As mulheres gordas não zangam com a vida: fazem lembrar os bois que nunca esperam tragédias.

No desfolhar das tardes, ela se aprovava em triste rotina. Visitava o cemitério. E isso fazia muito diariamente. A campa do falecido marido, o Jacinto, ficava bem no fundo do cemitério. Condizia com o lugar que ele sempre tivera, nas traseiras da vida. De passo miúdo, Rosalinda rumava entre as moradias subtérreas, vacilando como se magoasse em sua própria sombra. Já no lugar, ela em si se joelhava, vencendo as pernas. E ali se deixava, na companhia sozinha do defunto.

Assim se foram prostrando as datas, anos suados, anos somados. Rosalinda se antepassava, tantos eram os parentes já enroscados no grande sono. Só ela restava, em seus retroactivos pensamentos. Junto à campa, ela se memoriava:

— *Jacinto, grande sacana.*

Com gesto terno, ela alisava a areia, afagando lembranças. Deus lhe punisse, Deus adoecesse. Mas quem explicava aquela saudade do sofrimento, o doce sabor de amargas lembranças?

— *Tu me amarraste a vida, me forneceste de porrada.*

Ela estava de razão: o Jacinto só jurara fidelidade às garrafas. Se é que partira, sua alma devia ter viajado em forma de garrafa. Para mais, ele nos amores se multiplicara, retribuindo-se às tantas mulheres. Quando chegava a casa, noite imprópria, já seus lábios estavam cegos. A esta hora, dizia ele, só sei ler nos copos. Falava assim só para lhe magoar. Porque ele se matriculara na escola nocturna, cumprindo promessa de mudar de vida. Frequentou as aulas mas só por poucas noites.

Laurindinha: estou-te a explicar-me. A vida não vale as penas. Não sou um homem de escola, as letras me cansam de mais. Eu sou um fruto, Laurinda. Um fruto, mesma coisa o caju. Alguém ensina um fruto a ficar maduro? Responde, Laurinda. Alguém explica alguma coisa ao caju? Ninguém. Ele só recebe lições da terra. Então, um homem só tem que ficar bem em cima do chão, beneficiar das completas raízes. Não é como esses que deixam a terra, vão para o estrangeiro, acabam por nem sentir o chão que pisam. Esses são lenha seca: um pedacito de fogo e ardem logo.

Rosalinda já sabia. Aquela era conversa prévia dos murros, prefácio de porrada. Mal que surgisse o fundo da garrafa, as palavras davam lugar à pontapesaria. Depois, ele saía, farto de ser marido, cansado de ser gente.

Jacinto, enfim, só dava despesa no coração da doce Laurinda. Mesmo no leito da morte, os olhos dele, recém-falecidos, teimavam em espreitar o mundo. Já nada viam. O silêncio governava a sala, nem palavra ousava mover-se. Mas quando alguém se aprontou a descer as pálpebras do defunto uma voz se ordenou:

— *Não lhe fechem os olhos!*

Um espanto arrepiou-os todos. Rosalinda desceu o rosto, evitando o sujo da vergonha.

— *Esse homem ainda está à espera de alguém.*

E foi assim que Jacinto se abismou, de vista aberta, atento aos encontros do porvir. Mesmo sabendo da eterna infidelidade, Laurinda lhe destinou a mais perfumosa roupa. De igual como fizera em vida, ajeitando-lhe as aparências, antes dele sair:

— *Você vai ter com as mulheres, assim escangalhado? Deixa que eu lhe arrumo bonito.*

A boca é o esconderijo do coração? No caso, até nem. Ela encarecia o marido com sincera vontade. As outras não pensassem que ela não cumpria cuidados de esposa. Que no gozo de Jacinto elas respeitassem a mão de sua vaidosa obra.

Agora, na interruptura da vida dele, Rosalinda tudo lembrava com benevalentia. Com a trespassagem, ela tudo lhe perdoou: mulheres, copos, compridas ausências. A bondade lhe surgira logo na primeira reza, na berma do túmulo. Enquanto orava, sua alma amolecia. Depois dos amens, ela se descobriu apaixonada, por estreia na esteira da vida. Afinal, o Jacinto, meu Jacinto.

— *Amor certo é mais que único.*

Morto sem cura, amor sem remédio. Afinal, quanto a viuvez tem de orfandade? Quanto se despe a existência, deixando a pessoa de umbigo na mão? Os outros admiravam-se da gorda Rosalinda. Então só depois do homem falecer é que ela lhe coroara em trono do seu coração? Sim. Também só agora ela dispunha totalmente de Jacinto, só agora ele lhe pertencia inteiro, exclusivo. Afinal, aqueles olhos que ele levara escancarados estavam destinados só para ela. Só para mim, se indemnizava Rosalinda. Ele nunca mais se repartiria por colo alheio. Jacinto estava garantido em imaginoso juramento. Só um retrato podia ser assim tão fiel.

O triste consolo nela se confirmava: a morte de Jacinto não era mais que o matrimónio que sempre cismara. As outras, rivais, se esvoaram, gajas e momentâneas. De repente, elas não eram mais que um sopro de lábios esquecidos. Mulher perversa não se preserva. Laurinda, agora, concebia: a vida que juntos despenderam foi um simples noivado, coisa de inacabado juízo. E aceitava, sem mágoa, a lembrança de suas velhas injúrias:

— *Teu nome, Rosalinda, são duas mentiras. Afinal, nem rosa, nem linda.*

Ela, em sorriso, comemorava. Suspirava em maré de alma, vaziando-se. No tardio presente, ela toda se dedicava a

Jacinto, em subterrâneo namoro. A gorda se derramava como sumo de fruto tombado. Já não joelhava.

Isso é gesto viúvo. Que ela agora se bonitava, lustrando seu recente matrimónio. Mas foi um dia. Rosalinda comprava flores quando viu chegar uma moça bela e ligeirenta. A estranha se abeirou da campa de Jacinto e ali se prostrou, em mostrada tristeza. Rosalinda estranhou-se. Seus olhos se moeram, a menos ver que adivinhar. Aquela era uma jovem muito concreta, suprametida. Via-se que nunca usara capulana, sempre dispensara mulalas.

— *Essa deve ser Dorinha, a outra última dele.*

A viúva chegou-se mais perto mas sem se fazer ver. Não pisava fora das pegadas. Parou em campa vizinha, ficou espreitando, emboscada em seus próprios olhos. A outra exibia um punhado de lágrimas, pouco peso de saudade. Rosalinda amaldiçoou a lacrimaruja.

— *E você, Jacinto, aí em baixo do chão, aposto que está a rir. Bem gozaste em vida, fidamãe: agora, acabou-se as brincadeiras.*

Rosalinda se decidiu, pronta e toda. Dirigiu-se ao serviço funerário e solicitou que mudassem o lugar do caixão, trocassem o "aqui jaz".

— *A senhora pretende transladar os restos mortais?*

E, logo, o funcionário lhe mostrou os longos papéis que a superavam. A viúva insistiu: era só uma mudançazita, uns metritos. O empregado explicou, havia as competências, os deferimentos.

A viúva desistiu. Mas apenas se fingiu vencida. Pois ela se enchera de um novo pensamento. Voltou à noitinha, trazendo Salomão, o sobrinho. Às vistas da intenção, o miúdo se assustou:

— *Mas, tia, é para fazer o quê? Desenterrar o titio Jacinto?*

Não, sossegou ela. Era só para trocarem as inscrições dos vizinhos túmulos. Mesmo assim, Salomão tremia mais que a luzinha do xipefo. A viúva tomou dianteira, covando ela própria:

— *Eu sempre disse: lume pedido nunca acende.*

Jacinto, translapidado, devia de se admirar daquelas andanças. Agora, só eu sei qual é sua verdadeira tabuleta, malandro. Rosalinda sacudiu as mortais poeiras, se administrou o devido perdão. Que esse gesto de aldrabar a intrusa lhe fosse minimizado por Deus. A outra paraviúva, que dedicasse seus ranhos ao vizinho, o de morte anexa. Porque aqueles olhos de Jacinto, aqueles olhos que a terra se abstinha de comer, só a ela, Rosa e Linda, estavam destinados.

Aconteceu como ela previra. No dia seguinte, a intrusa compareceu e entregou seu sentimento à campa errada. Rosalinda nutria-se de risos, enquanto espiava o equívoco. Ela se benzia, mais para si que para Deus:

— *Em vida me enganaram. Agora, é o meu troco.*

Rosalinda, a esposa póstuma, se vingava. E foi por tempos, o ajuste. Então, um dia, ela pensou: antes, eu sempre desconsegui. Sempre fui nada. Mas agora eu sinto meus poderes. Rosalinda se enchia de crença, ela mexia para além da morte, lá onde já não havia destino nenhum. E, assim, ela acreditava entender um juízo sem dimensão. Pelas ruinhas do cemitério, Rosalinda saltava sonoras risadas.

— *Vamos Jacinto, vamos beber xicadjú.*

Entornava aguardente num invisível copo, servia-se de ocultas carícias. Às tantas, brigava:

— *Deixa os livros, marido. Agora é que quer estudar?*

E empurrava ninguém. Seus risos, inacreditados, ainda uns tempos estremeceram os mudos cantos do cemitério. Mas depois, os outros, cumpridores de seriedades, temeram suas desordens. A viúva desconhecia os métodos da tristeza, suas gargalhadas incomodavam o sagrado repouso das almas.

Elevaram a gorda mulher, aquela que foi viúva antes de ter sido esposa. Levaram-lhe para um lugar sombrio onde ela se converteu em ausência. Rosada, por fim, se promoveu a nenhuma.

Noite sem lua

Eliana Alves Cruz

Marilene olhava o prato como se soubesse que seu conteúdo estava envenenado. Não conseguia erguer o garfo para tragar a cheirosa sopa de feijão com macarrão. Uma comida simples, mas que adorava desde muito pequena, pois sua mãe sabia temperar de um jeito que o perfume saía pelas portas e janelas para seduzir toda a vizinhança. Olhos vidrados nos grãos, na massa e no escuro, muito escuro, caldo. Talheres imóveis pousados na mesa. Em seus ouvidos, apenas as vozes das colegas de escola.

— "Você é preta demais. Essa cor de noite é horrível! Parece coberta de piche. Você tem que dar um jeito nisso. Sabe como a Ludi fez pra clarear?"

Não, ela não sabia quais os recursos que a Ludi, negra com um tom de pele bem mais claro que o dela utilizara para ser menos preta. A Ludi tinha a "pele de doce de leite" e era bonita, diziam. Já ela, Marilene, não era bonita, era muito feia, tinha a "pele de carvão" e apontavam... e riam. A solução para ficar bonita como a Ludi parecia fácil.

— "A Ludi parou de comer tudo o que é preto. Café? Não. Chocolate? Nem pensar! Passa? Isso é ruim de qualquer jeito. Ameixa? Só vermelha. E feijão não pode nem encostar". Já estava com quase onze anos e era hora de dar um jeito naquela cor ou seria tarde demais. As refeições se transformaram em momentos de tensão e drama. A mãe não tinha paciência. Trabalhava duro para que nunca faltasse nada na mesa dos filhos. A fome — pensava dona Ana — era a única tristeza que doía em outra parte do corpo que não era o coração. Tudo o que não poderia suportar era ver os filhos sentindo essa dor que faz o corpo dobrar ao meio, deixava pessoas muito parecidas com bichos e que ela conhecia muito bem, de um passado que fazia tudo para esquecer. Aquela escola cara, imaginava, era o passaporte para um futuro mais fácil para eles do que era o presente dela.

— "Come tudo agora! Que bobagem é essa, Marilene? Enlouqueceu? Isso é pecado! Sabia que desperdiçar comida é pecado grave e que Deus está vendo?"

Ainda tinha isso. Sua mãe e a mania de pôr Deus em tudo. Marilene pensava que Ele, esse Deus do qual ela tanto falava, só abria o olho pra vigiar e punir na hora do desperdício de comida e de coisas que ela considerava pequenas e boas. Não lhe mostrava o rosto na escola, nas discussões com as amigas. Nunca desceu de seu altar para lhe enxugar uma única lágrima das que derramava escondida no banheiro.

Deus não lhe arrumou um par naquela festa junina em que ninguém queria dançar com ela por causa de sua pele "cor de noite sem lua". Por que não lhe dera outra aparência, esse Deus que diziam que tanto a amava?

Marilene sofria. Cansada de lutar com a mãe, acabava comendo. No entanto, nem bem ela virava as costas, corria para o banheiro para vomitar. Olhava para a mãe, as tias, as primas... não queria ser tão negra e nem gorda como elas. Emagrecia. A mãe não sabia o que fazer. Foi à escola.

— Imagine, dona Ana! Isso é coisa de criança. Não dê importância. Já-já passa. A adolescência está chegando e essas crises são normais. A senhora já perguntou a ela o porquê de tudo isso? ...Sei...sei... Mas esta é outra bobagem. Isso não existe em nossa escola. Isso não existe no Brasil! Todos somos iguais... hum...a senhora "exige"? Tudo bem. Vou chamar as meninas para uma conversa.

Não chamou. Na foto de seu perfil da rede social, muitas piadas. As amigas que ela supunha serem as melhores, alunos de outras turmas, de outras escolas, gente que ela nunca vira, o menino que ela gostava... Marilene não ria, não sorria, minguava. Nada de chocolate, nada de café, nada de passa, nada de ameixa, nada de feijão. Nada de preto! Marilene não queria mais ir à escola. Escondia-se. Não queria mais sair à rua, só desejava ardentemente sair da vida...

E tentou. A decisão foi tomada quando trancou a porta de casa atrás de si e nem a mãe ou os irmãos estavam em casa. Fechou os olhos pensando na hora do recreio daquele dia, quando abriu sua bolsa para pegar o lanche e lá estava o papel escrito com caneta vermelha: "Macaca, seu lugar não é aqui!".

Marilene só pensou em silenciar todas aquelas vozes que vinham a sua mente quando sua mãe colocava o prato na mesa, quando parava na porta com os cabelos muito bem pesos e os livros e cadernos ordenados na mochila, quando pisava no pátio comprido e cheio de crianças uniformizadas. Ela vestia o mesmo que todos, mas sentia-se nua. Despida das roupas, mas coberta pela "pele da escuridão". Fechou os olhos e engoliu os comprimidos de uma caixa que estava na gaveta do banheiro. Lentamente foi mergulhando num oceano profundo. Abriu os olhos. Tentava em vão subir para a superfície. Uma pedra polida a puxava cada vez mais para baixo. Tarde demais.

Acordou com o desespero do afogado que consegue finalmente o ar. Deu de cara com os olhos úmidos e vermelhos de dona Ana. Em alguns momentos durante aqueles dias as lágrimas de sua mãe eram poucas, quase nada. Em outros abundantes, um mar de espumas brancas. Mas elas estavam sempre lá, salgadas.

Reparou primeiramente curiosa e depois fascinada, que naqueles dias tão difíceis, a mãe não falara em Deus uma única vez; parecia ter engolido o Criador de seus sermões para deixá-lo sair em cada cuidado, em cada sorriso que se obrigava a dar escondendo a preocupação. Fechou os olhos, satisfeita quando a porta do quarto se abriu para deixar passar um perfume muito conhecido: Sopa de feijão com macarrão. Comeu tudo e raspou o prato fundo com um pedaço de pão. Saíram juntas do hospital. Marilene segurou firme a mão esquerda da mãe e lhe sentiu as palmas quentes como uma âncora que jamais deixaria o navio à deriva, solitário na imensidão. Deram passos firmes em direção a rua.

A noite seria bonita e cálida naquele dia... Seria uma noite sem lua.

Apocalipse

Diogo Araújo Vaz

E a angústia tomou conta do criador!

No sexto dia, Deus acabara de labutar e ornamentar o mundo, então descansou no sétimo dia feliz da vida. Entretanto, o que não constava das cogitações de Deus era a heresia do Adão e da Eva e de todo o resto de animais, servos da sina, que para ale, a sua missão era simplesmente a de dar mais vida ao jardim de Éden. Em breve, as árvores já adensavam a atmosfera e davam vivacidade ao mundo, com suas folhas verdes e nevrálgicas, na sua maioria, que distribuíam ar puro por todos os recantos da terra. O céu abobadado exibia um firmamento de um azul celeste alegre, e os astros brilhavam com uma originalidade de se invejar.

Começaram a surgir espécies cada vez diversificadas de animais para alegrar o cosmos. Os quadrúpedes divertiam-se com frequência com os bípedes pelados ou alados. Os répteis trocavam gracinhas com insectos e desconheciam a predação ou o medo. Os anfíbios regozijavam-se com a sua condição binária e contemplavam o Adão e a Eva, que não se perturbavam com o nudismo e agraciavam-se com os narcisos, margaridas e outras flores de naturezas distintas, que abrilhantavam o jardim todo, de lés a lés, quebrada a quebrada. Enfim, todos os animais eram cúmplices, amigos, e viviam solidariamente uns com os outros.

Então, as espécies se foram multiplicando e o jardim começou a ficar pequeno. Adão e Eva, que agora achavam que seu criador se equivocara ao fazê-los pelados, diferentemente de outras espécies, que na sua maioria nasceram com próprios agasalhos, agora se vingavam dos felizardos agasalhados, chacinando-os para lhes retirar as peles para o seu agasalho.

Ao se aperceberem das barbaridades daquelas duas criaturas a que chamavam Homem, então os animais entraram em alarido e começaram a partir para a defensiva, se afastando o máximo que podiam daqueles seres, para se verem poupados das barbaridades de todo o tipo de natureza provocadas pelo Homem.

Por essa razão, com o passar de tempo, o Homem foi educando os seus descendentes como seres superiores em relação a outras espécies. Por isso, chamava a outros animais simplesmente de animais, se excluindo desse grupo para ser simplesmente Homem. Para ele, nenhuma espécie tinha qualquer tipo de direitos senão deveres, excluindo-se ele próprio, que apenas gozava de direitos. Por isso, foram fabricadas lanças e zagaias em número maior para atacar impiedosamente todos os tipos de animais para alimentar os seus caprichos, pois se a carne não fosse boa o suficiente para a sua dieta, então seriam retirados os dentes, os ossos, os chifres, as garras ou as peles para servirem de ornamentos ou brinquedos.

Com o andar do tempo, o Homem ficara ciente da sua fraqueza física em relação a muitas espécies de animais. Por isso, entendera que, para o seu fortalecimento, deveria se curar de órgãos daqueles seres. E daí em diante, o Homem foi inventando curas para as enfermidades de toda a natureza, que, no seu entender, só poderia ser possível através dos diferentes órgãos dos diferentes animais, bem como da seiva das plantas. Este facto provocou o holocausto de Éden, que provocou a revolta de muitas espécies, que decidiram contra-atacar, emboscando o Homem em todas as suas incursões e fazendo rebelião para repelir as acções daquele ser que se chamava Homem. Então, o Homem chamou de predadores aos mais raivosos, domesticou os mais plácidos e inventou o fogo para se defender dos mais excitados, que não eram de ânimos leves.

Os anos sucederam-se, o Homem foi enchendo a lista de suas ambições e agora começara a obcecar-se com a riqueza. Então, foram criadas diferentes classes sociais no seio do próprio Homem para uma boa e grande competição. Para este campeonato, a flora, a fauna, o subsolo, a brenha, o mar e até o espaço eram os troféus do jogo das ambições humanas. Por isso, para almejar os seus intentos, foram fabricados machados em número cada vez maior, através de minérios do subsolo, apoiados de cabos de madeira de árvores frondosas e frutíferas para derrubar ainda mais quantas árvores fossem possíveis para alimentar a ganância.

Então, grandes proporções de terra ficaram desertificadas e a atmosfera ficou desprovida de elementos para a produção da chuva. Ao ressentir-se dos efeitos da falta da chuva, o Homem encetou emigrações desordenadas e foi-se espalhando pelo mundo em outras regiões, que ainda gozavam de uma atmosfera saudável e virgem. E assim, foram se criando tribos e etnias de diferentes naturezas, conforme a natureza do ambiente no qual cada tribo ou etnia se decidira fixar, o que levou às diferenças raciais.

Com o êxodo cosmopolitano, o mundo ficou ainda mais pequeno à medida que o Homem se dispersava, e desde logo, cada tribo queria expandir mais os seus territórios. Por isso, foram derrubadas muitas árvores ainda, para produção naval, que fosse facilitar a expansão do Homem via marítima. E, porque não soubessem os exploradores do feitio da hospitalidade dos habitantes das terras que almejavam, se era hostil ou dócil, para a autodefesa, fabricaram armas de diferentes naturezas, que também serviriam para a conquista de terras, caso se mostrasse necessário.

Por isso, começaram a surgir no dicionário do Homem, palavras como potências e colónias. Para ser uma ou outra coisa, dependeria de conhecimentos dos rudimentos de fabrico de armas por parte de cada tribo, engenho e afoiteza na batalha, para ficar decidido quem eram os conquistados e quem seriam os conquistadores.

E os que se revelassem mais fracos eram domados e forçados à labuta nos campos de plantações e minérios, outros nas construções de edifícios, rodovias e ferrovias. Por isso, nem sempre os mais exímios se sagraram vencedores, dependendo do tipo de armamento que cada tribo portava para o combate, que muitas das vezes se demonstrou determinante para a conquista de territórios.

Desde então, com o aproveitamento da mão-de-obra massiva proveniente das tribos mais fracas, a produção das tribos mais fortes aumentou. Por isso, agora exigia-se o fabrico de barcos ainda maiores para o carregamento dos recursos minerais, energéticos, hidrográficos, humanos, agrícolas, faunísticos e florestais, conforme o pecúlio que cada tribo tomada tinha para oferecer aos seus conquistadores. Então, começaram a ser inventadas as indústrias, que eram alimentadas pelos recursos provenientes das tribos mais fracas.

As indústrias tinham a particularidade de despertar ao consumismo, uma vez que ofereciam ao público um pouco de tudo, até o que o público não precisava, dadas as maiores quantidades dos produtos neles fabricados. E as chaminés, fieis depositárias das agressões industriais, despejavam vorazmente os gases carbónicos sobre a atmosfera, que se viu gravemente ferida e lesionada, acabando por abrir enormes fendas sobre as entranhas de uma camada a que chamaram de ozono. E o sol, esperto e malandro, não desperdiçara a oportunidade para exibir a sua potestade sobre a terra, emitindo vorazmente e impiedosamente os seus raios sufocantes e intensos. E o Homem agora chorava, choramingava e gritava de aquecimento global.

Os mais expostos ao sol agora iam ficando cada vez mais calcinados e hirtos, e os menos expostos agora falavam de degelo. Então, várias crateras foram abertas nos oceanos e mares, o que despertou os seus ódios por aquela raça. E, para se vingarem das escavações do Homem aquando da abertura de poços de petróleo e de gás carbónico ou de furos para prospecção de outros recursos, de maior ou menor valia ao longo dos seus leitos, os oceanos e mares juntaram esforços para lançarem torrentes de água sobre a terra, que desde sempre fora a guardiã daquele ser, em retaliação às acções humanas. Então, o Homem, para enriquecer o seu ego de conhecedor dos factos, chamara ao fenómeno de maremoto e mais tarde, zombando, de tsunami, que deitara tudo no subsolo sem descriminar os seres, nem discriminar os seus tamanhos.

E a terra, para não ficar alheia aos problemas dos mares e oceanos e revoltada das barbaridades que sofrera, também quisera vingar-se das feridas infringidas pelo Homem nas suas entranhas, para a retirada desenfreada de oiro, de cobre, de ferro, de carvão, de gás natural, de petróleo, de diamantes e de outros minérios de maior ou menor valia. Por isso, decidira vibrar em resposta ao sacrilégio com tal sortilégio que o Homem entrara em transe, tremera e chamara aquilo de terramoto, que também deitou tudo no subsolo, sem descriminar os seres, nem discriminar os tamanhos dos seres.

Enquanto o tempo corria, o Homem cometia carnificina contra si próprio, em nome de poder e riqueza. As indústrias de armas agora eram dominadas e controladas pelos mais astutos e as restantes indústrias, que podiam ser erguidas em qualquer escaninho, não paravam de afunilar os gases carbónicos para o céu abobadado, entupindo o firmamento e enervando o ar atmosférico, que em retaliação decidira condensar todos os tipos de resíduos que pululavam nele. E do céu abobadado caíram sobre a terra chuvas aciduladas que enfermaram a biodiversidade, incluindo o próprio Homem, que agora falava de cancros, de vírus e viroses, de gripes, de tuberculoses e de muito mais doenças, para não dizer todas as enfermidades que azougavam aquele ser.

Porque ele, o Homem, achara que produzira o suficiente para fazer da sua vida uma festa pelo resto de tempo que lhe sobrava, agora levava uma vida faustosa, desregrada e perigosamente descuidada em relação à sua própria natureza.

É que no leque dos seus caprichos sexuais, os machos começavam a não respeitarem as vulvas das fêmeas no acto de coito, pois quando assim o quisessem, o ânus ou a boca de suas parceiras podiam fazer a vez da vulva. Outros machos, por se acharem mais viris, corriam atrás de machos iguais para se acasalarem, e os mais extravagantes e extrovertidos buscavam parcerias nos diferentes tipos de animais para a prática de coito, que se viram assim forçados a um novo tipo de escravatura Homem-animal.

Alguns idosos poderosos buscavam rejuvenescimento nas crianças e praticavam aberta e desavergonhadamente a pedofilia.

Então, diversas enfermidades emprenharam o mundo e assolaram o Homem para recalcitrar os seus maus actos. Começaram a surgir as mutações genéticas de forma vertiginosa e marchante, e a vida do Homem tornou-se cada vez mais vulnerável.

Ao ressentir-se das sequelas que enfermavam o cosmos, dos males infringidos pelo Homem, foram firmados pactos entre diferentes dinastias, que decidiram salvar o mundo do suicídio iminente, denominando-se filantropos. Então, esconderam-se detrás do medo para chamar as nações à razão das consequências da autodestruição.

Se por um lado, algumas nações prometiam compensar os mais poluídos pelas emissões carbónicas ou por quaisquer outras acções devastadoras por si cometidas, outras nações, ainda que em número maior, limitavam-se a ignorar os factos.

Então, o Homem começou a evoluir socialmente e julgou prudente parar com a escravatura de um ser igual. Por isso, foi decretada a abolição de escravatura de seres semelhantes.

A xenofobia, que consistia nas intransigências e intolerâncias dos radicais e extremistas sobre as diferenças raciais ou, simplesmente, as segregações raciais, começou a ser censurada pela maioria. Foram criadas leis para penalizar os pedófilos. Algumas potências prometeram reduzir a poluição atmosférica.

Mas, embora o Homem tivesse ganhado a consciência de reparar o mundo dos estragos que cometera, as doenças não paravam de dizimar massivamente a humanidade, e as chaminés, que ainda continuavam a emitir os gases, açoitaram por definitivo aquilo a que chamavam de ozono, que vergou perante os actos insidiosos do Homem e começou a deixar que o mundo fosse infligido pelos bulícios de estiagem em todos os seus recantos.

Teria sido esse o desejo do criador ao criar o mundo ou obra malévola de suas criaturas, cuja missão era apenas tornar o mundo mais animado? Ninguém podia responder com precisão porque o Homem, ainda enfraquecido pelas próprias acções que infringiram às leis da vida, agora contava cada segundo para o fim do mundo, que significava a angústia do criador sobre as acções de suas criaturas.

Então, começaram a surgir dúvidas de quem seria realmente o Homem, se era o mais superior de todos seres ou, simplesmente, o mais traquino de todos eles. E as respostas ainda continuavam na boca do mundo, que ficara entalado e se engasgara para anunciar o dia da sua morte. Entretanto, enquanto o mundo não decidisse morrer, o Homem, traquino que era, continuava com as suas incursões egocêntricas e devastadoras, de venda de seres iguais, de prática de sexo não consentido, de raptos para alforria das vítimas em troca de valores monetários, de venda de cadáveres alheios, de ataques às propriedades alheias, de pirataria ao longo do mar, de prática de crimes cibernéticos, de invasões às terras alheias, de invenção de religiões assassinas...

E porque o mundo ainda não morrera completamente, então o propalado fim do mundo se esperava com uma impaciência doentia. Por isso, porque também o Homem ainda era sobrevivente, para legitimar os seus actos vis e repugnantes, denominara o momento infernal que se vivia de apocalipse divino.

223784

Cristiane Sobral

Eu sei que muitos não acreditarão, mas foi assim mesmo que tudo aconteceu. Os dois sempre foram grudados, primeiro o pai e a mãe, depois o pai e a filha. Na família humilde, ele fazia de tudo para ser um bom homem, um bom pai. A mulher sempre foi a rainha, a menina, "os quindins" de papai. Não formavam a família perfeita, tinham as suas contradições e conflitos. Também tinham muito afeto. O que faltava em um, o outro procurava compensar. Diante das adversidades, Mazinho e sua esposa ficaram cada vez mais unidos.

Alguns anos depois do casamento, quando sua cônjuge ficou grávida, os dois foram surpreendidos em êxtase, alegria e preocupação. Seria maravilhoso ter um fruto, mas como livrá-la da dor que sofreram? E quando a menina perguntasse pelos parentes? Se puxasse a mãe, seria rejeitada pela família paterna e vice-versa.

No nascimento do bebê, o casal viveu o seu momento mais bonito, muita festa em casa com a participação dos vizinhos, já que o casal era muito querido e conhecido no bairro. Lamentavelmente, oito meses após o nascimento de Jurema, Elza fez a passagem. Na última conversa do casal ela fez com que Mazinho prometesse que, caso acontecesse algo inesperado, ele cuidaria e amaria Jurema incondicionalmente. Sabia que não teriam o apoio das famílias.

Diante da revolta com o falecimento súbito da esposa, Mazinho foi taxativo: não viveria amargurado. Foram cinco anos de namoro, dez anos de casados, muita lembrança boa. Quem teve o privilégio de ser tão amado por tanto tempo? A morte era o imponderável, segundo Mazinho. Não cabia a ninguém o questionamento nem a indignação, diante dela, preferia expressar a gratidão por ter vivido o seu amor e, além disso, agora seguiria com a filha, um presente da vida. Entretanto, essa visão de mundo não impediu que Mazinho vivesse o seu luto por dois anos, tempo que segundo ele, completou o ciclo de partida e preparou para a vida a seguir.

Os tempos de infância abreviaram-se com rapidez, Jurema não era mais a Jujuzinha, nem a Jujure, como chamava o pai, o crescimento da menina aumentou a preocupação daquele que sempre desejou mantê-la a salvo do mundo e dos seus ardis. Mazinho agora estava mais velho. Mais que isso, precisaria enfrentar o racismo, contar à filha que as famílias foram separadas pelo preconceito, pelo racismo que tanto atormentou a sua relação com a esposa. Ele era negro, ela branca. O casamento não obteve o consentimento dos pais. Desde que os dois foram renegados pelas famílias passaram a viver em um bairro no subúrbio, com algumas privações afetivas e materiais, uma realidade diferente da anterior, já que a parentela morava em bairros ocupados pelos mais abastados.

Antes do início da relação, Mazinho sempre foi muito respeitado pelo pai de Elza, frequentava as festas, a casa da família, conhecia a intimidade, mas tudo mudou quando caiu de amores pela moça. Mazinho até poderia ser o "amigo negro", mas nunca o parente, o genro negro, isso seria demais. Elza também passou a ter como algoz a cunhada, antes sua melhor amiga e confidente, sendo inclusive acusada de traição, afinal, como ousava flertar com um dos negros mais cobiçados do bairro?

Pensamentos a dialogar com Mazinho, sentado no toco de madeira na frente de casa, para fumar o seu habitual cigarro de palha após o almoço. O fumo aceso costumava abrir um portal onde adentrava para conversar com os seus ancestrais, europeus, asiáticos, indígenas, negros, mestiços, sabia que com eles sempre com quem poderia contar. Foi nesse instante que suspeitou, ao ver com tanta nitidez essa gente toda, que o seu tempo estaria chegando, infelizmente, teria que começar a preparar a Jurema para o imponderável. Tinha tanta coisa pra dizer. Foram tão felizes ali! Faria tudo de novo, as pessoas que conheceu, o modo de vida dos mais simples, a distância da hipocrisia e do apego ao mundo material, como tudo isso foi enriquecedor. Nunca soube o que era viver em comunidade, no mundo de onde veio, cada um vivia por si e para si. Elza estudou, se formou, ele também, Jurema era jovem arquiteta bem empregada, ele optou por trabalhar com mecânica, tinha a sua própria oficina nos fundos de casa. Nunca ficou sem serviço. Vivia bem sim, sentia saudades da família, mas não vivia se lamentando. Reflexões interrompidas pela chegada de Jurema:

— Pai, o senhor não sabe que não pode mais ficar fumando? Mesmo de palha, pai, o senhor parece menino!

Jurema, a razão dos seus dias na Terra, estava ali de carne osso, pele ainda mais escura que a dele, parecia talhada como alguma escultura egípcia no seu *pretume* irretocável. Da mãe trouxera os olhos de mel, enormes, como faróis reluzentes, o corpo esguio e o tom morno na voz.

— Filhota, tá bem, eù vou parar, estou fumando menos, é aos poucos, tenha paciência com o seu velho... Mas não se preocupe, se um dia eu passar dessa para melhor você vai ficar bem, eu prometo! Não esqueça a nossa promessa: pegue o número de minha sepultura e tente a sorte no jogo do bicho. Confie no seu pai.

Mazinho queria que a filha ficasse bem e mais, gostaria de saber como ela lidaria com as questões materiais, sempre conversaram sobre isso, dinheiro não era tudo, mas fazia falta sim, se bem empregado, poderia ser uma benção.

— Lá vem o senhor com essa história, eita pai, que conversa boba. É claro que eu vou ficar bem. Lembra que vou viajar e volto daqui a duas semanas, assim que terminar o trabalho lá com o projeto voltarei, não fique isolado, sai um pouco vai até a esquina, conversa com a Dona Clícia, ela está sempre disposta a ajudar, o senhor sabe... Sei que é difícil não mexer mais com a oficina, mas não precisa ficar parado. Tem os cães do nosso jardim, ah, não se esqueça do cuidado com as violetas e do tempo da poda que chegará por esses dias, sei que minhas plantinhas ficarão em ótimas mãos. Isso não é um pedido, é uma ordem. Não fique sem comer! Deixei vários pratos congelados, é só esquentar. Te amo pra sempre meu velhinho.

Em um tempo e espaço além do que é possível precisar, os dois ficaram ali, unidos em um abraço sem pressa de acabar. Os silêncios entre os dois foram pausas dramáticas, complexas em seus significados e territórios diaspóricos. Mazinho acariciou o rosto e os cabelos da filha:

— Pretinha do pai você é o meu orgulho, filha amada, Deus que te abençoe, vá na proteção de São Jorge e de Nossa Senhora Aparecida e não se esqueça de tudo em que acreditamos, da nossa fé nos Orixás. Lembre-se, esteja onde estiver, da resistência do nosso povo, das estratégias necessárias pra encarar esse mundo, somos mais que guerreiros, somos vitoriosos!

— Já sei pai, sou negra, com muito orgulho, não serei conivente com o preconceito nem com a violência, sou capaz e sempre lutarei pelos meus direitos! Essa frase foi uma das primeiras que o pai pediu que repetisse, como um mantra, e de fato, já tinha sido útil na vida de Jurema, inúmeras vezes.

Jurema partiu, os caminhos foram de êxito na sua viagem. Missão cumprida, estava ansiosa para voltar pra casa. Além disso, ela teria que enfrentar uma conversa séria com seu pai. Tinha algo muito importante e difícil para revelar.

Enquanto arrumava a mala, decidiu ir ao salão, hidratar os cabelos crespos que o pai tanto admirava, chegaria linda, radiante, ele ficaria muito alegre! Voo marcado, check in feito, do salão sairia para o aeroporto. Na pressa de um dia cheio, Jurema chegou ao salão. Tentou explicar a cabeleireira, ela parecia novata no lugar, propôs um relaxamento, mas Jurema não estava em busca de nenhum produto para soltar os cachos nem diminuir o volume. Logo percebeu como a tarefa era impossível. A expressão da "profissional" olhando as suas madeixas estava infestava de preconceito! Resolveu dar meia volta e sair.

Já do lado de fora, uma Jurema chateada atendeu ao telefone insistente a demarcar alguma urgência, Após a conversa ela caminhou apressada e entrou no hotel, situado ali pertinho. Subiu para o quarto, sentou na cama, embalada no pranto e no desespero. Buscou forças para reunir o que já havia deixado pronto, correu para a recepção, pagou os débitos e pediu um táxi. A caminho do aeroporto, chorou compulsivamente. O taxista, em sua última corrida do dia, doido para descansar depois de um dia cansativo olhou meio desconfiado, viu um corpo negro de mulher em conflito, ela parecia muito agitada, ele não queria problemas, pensou. Era melhor sempre ficar de olho nessa gente escura. Ainda bem que não houve problema algum, ela pagou tudo direitinho e ficou na dela, pensou ele já fora do veículo enquanto conferia as notas do pagamento.

No aeroporto, com os trâmites cumpridos, restou a espera infinita. Sentou no chão do saguão, chorou como se fosse se afogar em um rio de lágrimas perfurantes como um golpe de espada. Não era só choro, era grito, um corpo inflamado de dor, talvez estivesse chorando também por outras agruras, lutos não vividos, a perda da mãe, da família, como assim não teria mais o pai ao seu lado. No meio disso tudo apareceu em sua mente a imagem do namorado, sim, ele iria amanhã até a sua casa pra conhecer o pai, seria uma chegada surpresa, mas como lembrar disso justo agora? Precisava falar com ele! Ainda meio fora de órbita, ligou pra ele, pediu socorro, ele anteciparia o voo e chegaria o mais breve possível.

Ela adiou algumas vezes o encontro embora estivessem namorando há sete meses, porque Mateus, Mateus era branco! Essa discussão sobre brancos e branquitude era bem complexa, mas de fato ele era socialmente branco, não era negro não, passaria por branco no tal do teste da boa aparência, mas isso era suficiente no país onde cada um era o que parecia. Na verdade tinha medo porque não sabia qual seria a reação do pai. Pra ela também não foi nada fácil. No início, custou a aceitar a relação com o seu melhor amigo. Seu pai sempre fez questão de deixar claro o quão difícil foi a vida em uma relação inter-racial. Por outro lado ela não conheceu casal mais feliz e dedicado, isso porque sabia de cor algumas histórias contadas por ele. Histórias de amor. Agora estava diante dos paradoxos da realidade. Justo no dia em que havia decidido revelar ao pai o seu escolhido, deu-se o momento fatal.

Jurema mal entrou no bairro e começou a receber abraços amigos. Ao chegar em casa, os cães latiam com fome e desatino. Até as plantas murchas revelavam, ele não estava mais ali. A vizinha mais próxima, Dona Clícia, estava na sala, tentando dar um jeito na casa.

— Dona Clícia, não é preciso!

— Mas seu pai sempre foi impecável nos cuidados, no zelo doméstico, não consigo deixar as coisas como estão. Ah minha filha, como é que a gente se prepara pra essas coisas?

As duas envolveram-se em um abraço fraterno. Dona Clícia era uma grande amiga da família e mãe de santo do terreiro de umbanda freqüentado por Jurema e sua família, figura muito respeitada na comunidade, viúva e com todo o tempo dedicado a atividade religiosa e comunitária. Seus pais sempre foram médiuns ativos na casa de mãe Clícia.

Após o abraço, Jurema saiu da sala, tomou um banho, saiu e sentou na cozinha onde Dona Clícia agora preparava um café. Ligou para diversas funerárias e tratou de tudo para o inevitável. Não sabia como estava de pé. À noite velaram o corpo vestido com as roupas escolhidas por ela e Mateus, que também era umbandista e foi muito bem recebido por Dona Clícia e os amigos do bairro. Fim do velório. Voltou pra casa em silêncio. Dona Clícia já estava na cozinha que cheirava à canja. Mateus comeu, Jurema não.

Dia seguinte, enterro, ninguém da família apareceu. Os vizinhos lotaram o cemitério, houve certa disputa silenciosa pra ver quem seguraria a alça do caixão, uma salva de palmas no momento do adeus. Ainda cantaram o samba preferido de Mazinho. Todos cumprimentavam Jurema, a filha do vizinho amigo, do líder comunitário respeitado, do mecânico do bairro. No momento da descida do caixão foi possível ouvir o pranto doído de Jurema, acolhida por Mateus. Ela lembrou das palavras do pai, pois ele dizia que só os fortes choravam. Dona Clícia também tinha os olhos negros a despejar lágrimas em torrentes na pele preta com visíveis sinais do tempo.

Outra manhã. Jurema acordou cedo, foi ao quintal, cuidou das plantas e dos cães. Fez o café. Mateus acordou e saiu para comprar o pão. Preparou a mesa.

— Mateus você sabe jogar no bicho? Ele disse que não. Ela insistiu:

— Vamos lá fora, hoje vamos jogar.

Jogaram seis dias seguidos usando os números 223784, anotados do jazigo, como o pai disse, mas não tiveram sucesso. No sétimo dia Jurema desabafou com Dona Clícia:

— Mas menina, o corpo só completou sete dias hoje! Espera aí eu vou lá com vocês.

Jogaram novamente, agora com a orientação da Dona Clícia, ela conhecia as regras do jogo, as estratégias, enfim. Para a surpresa de todos, ganharam uma boa quantidade de dinheiro. A história ficou muito conhecida no bairro. Cumpriu-se a promessa do pai.

Jurema recebeu o dinheiro, entregou uma parte para Dona Clícia reformar o centro, pois o sonho do pai sempre foi ver a casa de umbanda que frequentavam com alguns melhoramentos. Jurema, que era arquiteta, inclusive já havia feito o projeto em parceria com o Mateus, engenheiro. Jurema comprou também alguns brinquedos para o parquinho das crianças do bairro e mandou reformar a antiga oficina do pai, com o objetivo de contratar alguém para tocar o negócio.

Tempos depois, Mateus e Jurema casaram na umbanda, o restante do prêmio ainda foi usado para custear uma parte da cerimônia. Os pais do noivo e alguns poucos familiares compareceram ao casamento, mas o bairro estava em festa e todos comemoraram com alegria. Foram três dias de festa. Anos depois, no batizado da Maria, filha do casal. Mãe Clícia batizou a bebê junto com a madrinha do Mateus.

Ao longo dos anos de vida em comum, Jurema e Mateus enfrentaram alguns problemas de aceitação com a família dele, algumas tentativas de branqueamento da moça. Ao primeiro sinal do racismo iminente, Jurema foi categórica: Eu sou negra e terão que aceitar como tal, sem eufemismos. Mateus também exigiu respeito. Não foi fácil, mas resolveram estabelecer desde o início os limites para a relação.

O tronco do vovô quem herdou foi a Maria, que no auge dos seus quatro anos, passava bastante tempo nele, brincando, conversando com o avô, segundo ela o seu "melhor amigo imaginário". A pedido da menina, Mateus decidiu aumentar o jardim da frente de casa e colocou mais dois troncos ao lado do lugar do sogro. Esse era o local preferido para o encontro da família, momento de contação de histórias. Certo dia Maria perguntou:

— Pai qual o seu orixá? Mateus respondeu:

— Ogum.

— E o do vovô mãe qual era?

— Ogum também filha. A vovó era de Iansã.

— Então eu devo ser de Oxum como a senhora mãe?

— O tempo vai dizer né filha...O tempo traz tantos mistérios!

— Vovô e vovó estão no tempo né mãe?

— Sim Maria, eles sempre estarão no tempo, no espaço entre nós, sempre farão parte da nossa família.

Mateus estava silencioso até então, entretido com o seu cigarro de palha, fumava aos poucos, reflexivo, esboçando um suave sorriso.

— Quer uma balinha filha?

Entregou o doce à menina, ela agradeceu sorrindo.

— Vovô, vovó, papai e mamãe, eu amo vocês.

Ficaram ali por um longo tempo, em um silêncio preenchido pelas memórias, pelos sonhos desenhados nos seus horizontes de afetos, pelos universos diaspóricos.

O ilusionista

Carlos dos Santos

— Lulu.

— Mamã?

— Dá um salto ao galinheiro, se fazes o favor, e traz-me quatro ovos, que quero fazer um bolo.

— Está bem, mamã. Vou já. — E a Lulu abalou a saltitar ao pé-coxinho até ao barracão lá ao fundo do quintal, onde moravam as galinhas.

Havia montes de galinhas a piscar por ali, escoltadas por um galo enorme, preto e vermelho. Algumas delas arrastavam atrás de si pequenas nuvens de pintos que bebiam sequiosos os ensinamentos das suas mães, sempre a esgaravatarem aqui e ali, e a chamarem-nos para debicarem este e aquele insecto, esta e aquela baga.

Entreabriu o pesado portão, fazendo com que a luz do exterior se derramasse para dentro do amplo barracão pela pequena fresta, e mergulhou na penumbra. Lá dentro reinava o mais profundo silêncio. As galinhas poedeiras encontravam-se no fundo do barracão, acomodadas sobre fardos de palha. Quando ela entrou puseram-se todas a olhar para ela com ar belicoso: lá vinha a pilha-ovos!

Perscrutou o local à procura de ovos espalhados pelo chão, como sempre acontecia. E aquela vez não foi excepção. Agachou-se e começou a apanhar os ovos para um cesto de palha. Foi quando ouviu uma voz mesclada com um cacarejo:

— Olá. Podemos falar?

No meio de toda aquela quietude, aquela voz inesperada e estranha fez com que ela apanhasse um valente susto. Sentiu um arrepio pela espinha acima e os pelos do seu corpo franzino a eriçarem-se todos. O assombro foi tal que até deixou cair os dois ovos que tinha na mão naquele momento, que só não se partiram por o chão ser de areia e estar todo ele coberto por restos de palha. Olhou à sua volta, mas não viu ninguém. Só galinhas e mais galinhas.

— Quem está aí? — Mas apenas o eco da sua própria voz lhe respondeu, pelo que ela insistiu: — Não estou a achar piada nenhuma à brincadeira. É bom que apareças, senão fecho-te aqui dentro quando eu sair. — Mas voltou apenas a ouvir-se a si mesma.

Apesar do desconforto que sentia, decidiu ignorar o acontecimento, atribuindo-o à sua imaginação fértil, e dispôs-se a levar a encomenda à mãe sem mais delongas. Recuperou os ovos caídos, colocou-os no cesto e encaminhou-se para o portão. Foi, então, que voltou a ouvir a mesma voz cacarejante:

— Olá. Falas comigo?

Estancou e virou-se repentinamente, a ver se apanhava o engraçadinho. Mas, mais uma vez, só viu galinhas. Grandes, pequenas, pretas, brancas, cinzentas, alaranjadas, castanhas, sarapintadas, mas apenas galinhas.

Se da primeira vez tinha ficado a pensar que tinha sido uma ilusão, um pensamento sonoro, agora não tinha a mínima dúvida de que ouvira mesmo uma voz. Decidiu, por isso, que não abandonaria o local sem sanar aquele mistério. Aproximou-se de um fardo de palha mesmo no enfiamento do único raio de luz que se atrevera a penetrar naquela calmaria e sentou-se sobre ele. À espera.

Já a mãe da Lulu, entretanto, fartou-se de tanto esperar pelos ovos e acabou mesmo por ficar preocupada com o que é que podia ter acontecido à filha, para se estar assim a demorar. Podia ter escorregado e batido com a cabeça nalguma coisa. Ou, quem sabe, podia ter sido atacada por algum bicho, uma aranha, uma cobra, enfim, qualquer coisa peçonhenta. Acabou, assim, por largar os seus afazeres e ir até ao celeiro procurá-la.

Aproximou-se apressadamente do portão entreaberto e sentiu-se aliviada quando ouviu vozes a confabularem tranquilamente lá dentro. Afinal, a Lulu deve ter encontrado alguma amiga e em vez de lhe levar os ovos deixou-se ficar na folia. O que a irritou deveras. Então, assoberbada de trabalho como se encontrava, estava ela à espera dos ovos e a miúda deixara-se ficar para ali na brincadeira. Ainda assim, antes de entrar logo em reprimendas, preferiu espreitar para ver quem era o interlocutor da garota. Até porque a outra voz era uma voz grossa, masculina. Esquadrinhou as sombras, e quando viu quem era, sentiu uma violenta tontura e perdeu os sentidos.

Lá dentro, a Lulu estava na mais amena cavaqueira com… uma galinha! Que lhe dizia nesse preciso momento:

— Então, os seres como tu designam-se pessoas?

— Exactamente.

— E os seres como eu, como é que são designados?

— Galinhas, ora! Vocês são galinhas. Só não entendo essa de tu falares. Nunca tinha visto uma galinha a falar! E olha que eu já lido com galinhas há um bom tempo.

— As galinhas não falam? Afinal já desenvolveram a percepção telepática? São seres bem evoluídos!

— Percepção tele o quê?! De que é que tu estás para aí a falar? Tu não só falas, como, ainda por cima, dizes coisas esquisitas.

— Então, todos os animais se comunicam, certo?! Isso distingue-os das pedras ou dos vegetais. E se as galinhas o fazem sem falarem, como tu fazes, então é porque o fazem telepaticamente.

— Tu és mesmo muito estranha, mesmo, pergunto-me de onde é que tu terás saído!

— Dali — e a galinha, com um ar distraído, apontou uma asa para cima, na direcção do telhado. A Lulu olhou para lá mas só viu mesmo o tecto. Entretanto, a galinha continuou:

— E, o que é isso que tu tens aí nesse cesto?

— Como, o que é isto? São ovos, que vocês põem.

— Ovos! Para que é que servem os ovos? E porque é que os estás a levar contigo? O que é que vais fazer com os ovos? Falas com eles?

— Olha lá, sua galinha doida, tu não sabes para que é que servem os ovos?! Estás a gozar comigo, não é? Ou então deves ter escorregado do poleiro, bateste com a cabeça num ovo e perdeste a memória.

Entrementes, toda aquela movimentação anormal por aquelas bandas acabara por atrair a atenção do autoritário galo que resolveu ir espreitar no barracão para ver em que é que paravam as modas. Mal entrou deu de bico com aquela franga nova, toda rechonchuda! E decidiu que não era tarde nem era cedo, tinha que lhe apor já a sua marca, antes que algum franganito atrevido ousasse fazê-lo. Por isso dirigiu-se, cheio de empáfia, para a galinha, que olhava para ele com curiosidade, a ver se percebia o que é que ele lhe queira.

O galo deu três voltas à galinha, a arrastar a asa no chão, e a seguir atirou-se de rompante para cima dela, tendo caído desamparado no chão em virtude de a galinha, ao ver-se assim acossada, ter abalado dali a fugir. Mas o galo, experiente que era, estava habituado às reacções das frangas novatas e restabeleceu-se sem demora, saindo disparado a correr atrás dela, esvoaçando agora, correndo depois, subindo este monte de feno, passando por baixo daquele carrinho de mão. Tanto burburinho perturbou as outras galináceas em postura, que desataram todas a cacarejar ao mesmo tempo, em manifestação de protesto contra aquela agressão perpetrada contra a paz no seu ambiente laboral.

Todo aquele tumulto acabou por transbordar do espaço fresco e sombrio do barracão e foi percutir-se nas orelhas do Leão, o cão de guarda lá de casa, que acompanhara a Lulu até ali e se deitara, exausto, à sombra de uma árvore próxima, quando ela penetrou no edifício. Levantou-se, espreguiçou-se, sacudiu a poeira, deu duas ou três farejadelas no ar e, acometido da maior urgência, sem sequer se aperceber do corpo desmaiado da mãe da Lulu, acorreu ao local, a ver se os seus préstimos eram de algum modo necessários, esperando, no mais fundo do seu apuradíssimo instinto canino, que não.

Mal entrou no recinto, no meio de todo aquele alvoroço deu com os olhos numa galinha esbaforida, a correr e a esvoaçar, o que despoletou nele o há muito entorpecido impulso de caçador e, por consequência, lançou-se imediatamente em perseguição do galináceo fugitivo. Com mais sucesso que o galo.

Pôs-lhe uma pata em cima, o que pôs termo àquela correria desenfreada e no exacto momento em que as fauces do cão se iam fechar de forma fatal à volta do pescoço da galinha, e já não havia salvação à vista, a galinha deu um salto inesperado. Ouviu-se o estampido de uma pequena explosão e, em pleno ar, onde estava a galinha, apareceu uma cadela!

O galo, entretanto, desagradado com aquela interferência nos seus assuntos de índole doméstica, desatara à bicada ao cão, tendo tido o cuidado de o fazer na perna que estava mais distante da boca dele.

Aquela inesperada transmutação teve um efeito de choque em ambos os perseguidores da galinha, os quais, perante tão inusitado acontecimento, um a latir e o outro a cacarejar, se escapuliram do barracão a toda a brida, juntos como se fossem amigos de antigamente.

Ofegante, a cadela recém-aparecida encaminhou-se para junto da Lulu e sentou-se em frente a ela, que exclamou, atónita:

— Uáu, como é que tu fizeste isso? És uma galinha mágica? Serás tu a famosa galinha dos ovos de ouro de que tenho ouvido falar?

— Primeiro explica-me, por favor, quais eram as intenções que moviam aquele galo descarado?

— Tu não sabes o que é que o galo queria?! Lá de onde tu vens não há galos? Vocês devem estar muito avançados.

Entretanto, refeito do susto que apanhara, o cão recompusera-se já e funga aqui, cheira ali, sentiu o chamamento do cheiro irresistível a cadela que emanava de dentro do barracão, e por isso, com as devidas cautelas, voltou a introduzir-se no recinto fresco e cheio de sombra. Lá estava ela, o pelo luzidio, a cauda felpuda a dar a dar. Ora, um cão é um cão e uma galinha é um bicho. E, por isso, sem mais demoras atirou-se desembestado à fêmea, tentando cobri-la. A cadela, apercebendo-se da investida, levantou-se de repente, deu um salto, ganiu e desatou a fugir, às voltas pelo barracão, subindo e descendo dos fardos de feno e de bidons e caixas que por ali havia armazenados, perseguida de perto pelo Leão, o que provocou uma tal algazarra que agitou as galináceas em postura, as quais, assustadas, largaram os ninhos e fugiram todas lá para fora, a cacarejarem ruidosamente.

A mãe da Lulu, que entretanto recuperara os sentidos, ao ouvir aquele alarido todo tomou por certo que a filha se encontrava a correr algum perigo, pelo que pegou numa forquilha que estava encostada à parede e entrou no armazém disposta a salvar a filha por todos os meios e contra todos os riscos.

Surpreendido com aquela entrada assim inopinada da mãe da Lulu, naquela pose ofensiva, o Leão, que lhe conhecia bem o peso das palmas das mãos, meteu a cauda entre as pernas e mergulhou numa sombra, que atravessou a rastejar até se escapulir do local pelo portão agora escancarado. Já a cadela, ao ver a reacção do Leão, também se intimidou e, por isso, lançou-se para o colo da Lulu em busca de protecção.

A mãe da Lulu tomou aquele salto como o ataque feroz de um cão selvagem sobre a sua filha e atirou-se a ele de forquilha em punho com a manifesta intenção de lhe desferir uma pancada letal.

Porém, para espanto das duas, mãe e filha, no exacto instante em que o instrumento da agressão ia embater na cabeça da fera, esta desfez-se no ar com um pequeno estrépito e no lugar dela apareceu um ser humano, que agarrou com mão firme a forquilha, impedindo-a de se ir desfechar sobre a Lulu que, com o embalo que a pancada levava, era quem ia levar com o instrumento contundente na cabeça, com consequências manifestamente nefastas!

E a mãe da Lulu perdeu os sentidos pela segunda vez no mesmo dia. A Lulu, preocupada, precipitou-se para a torneira, lá fora, de onde voltou com um balde de água, que respigou sobre o rosto da mãe, até a despertar. Esta, mal abriu os olhos, viu um homem bonito, extremamente belo e viril mesmo, que nunca antes vira na vida, ao lado da filha.

Levantou-se a custo, estonteada, sem saber se era por

causa da queda ou da beleza que irradiava de tão esbelto personagem. Mas não teve sequer tempo para o apreciar, pois percebeu que ele se dirigia a ela com um ar completamente libidinoso. Era manifesta no olhar dele a intenção de se atirar a ela e a agarrar. Por isso, ainda meio a cambalear largou a fugir, no que foi perseguida de perto pelo indivíduo, cortejo ao qual se juntou o Leão, com a língua a arrastar pelo chão.

Apercebendo-se de que a mãe estava em perigo, a Lulu não hesitou. Pegou na forquilha, correu no encalço de ambos e quando o invasor lhe passou à frente, espetou-lhe sem hesitações o instrumento nas costas, no preciso momento em que a mãe, exausta, tropeçava em si mesma e se precipitava no chão.

Foi com incontido espanto que ambas viram o homem esfumar-se no ar com um estalido e no lugar dele surgir um pássaro vermelho, que deixou cair uma gota de luz da mesma cor. Logo a seguir, com um estoiro seco, o pássaro transmutou-se num traço de luz que se elevou no ar e partiu disparado em direcção ao céu, como um raio.

Só então a Lulu percebeu que aquela galinha esquisita que encontrara no celeiro, afinal, era um visitante vindo das estrelas. Daí o seu desconhecimento sobre coisas tão triviais da vida na Terra, bem como as suas habilidades de transmutação!

É por isso que, até hoje, a Lulu se dirige todas as noites para as cercanias do celeiro, onde se deita, ao relento, com a cabeça assente sobre a barriga do Leão, que a escolta sempre, de olhar fixo no céu, a ver os raios de luz que cruzam o firmamento. Ela sabe agora que aqueles riscos, afinal, são o amigo alienígena que anda pela abóboda celeste à procura da casa dela, para se reencontrarem, e deseja ansiosamente que ele consiga descobrir novamente o caminho até ali. Ela sabe, porém, que deve ser difícil, porque, afinal, a Terra é muito grande e está sempre a andar às voltas e a mexer-se. Mas ela decidiu que enquanto vir que ele continua a procurá-la o há-de ir sempre esperar.

Corte
Rafael Gallo

"...Bem curtinho" - a senhora determina. Manu ouve, assustada, a fala da vovó Adelaide e se agarra à saia comprida dela. Puxa o tecido sobre a cabeça, inventando uma cabana segura para si. Mas as duas colunas que sustentam o abrigo – as pernas imperativas da mulher mais velha – começam a se mover e a menina tem de escolher rápido demais: ou segue junto na direção temida, para onde ruma seu amparo, ou deixa-se para trás, sozinha e à distância do perigo. Vai aderida à vovó.

Elas acompanham a mulher que se retira do balcão na entrada, a fim de conduzi-las a outra sala. Manu tropeça nos próprios passos, nunca tinha entrado em um salão de cabeleireiro. As tesouras enormes penduradas nas paredes, os fiapos loiros e morenos espalhados pelo chão, os secadores a dispararem zumbidos graves. Será que dói na hora que corta o cabelo, igual abrir um corte no dedo? Dá para sentir alguma coisa lá no interior dos cachinhos? Um pedaço do corpo que a gente só fica conhecendo quando a tesoura o despedaça?

Tantas coisas acontecendo pela primeira vez nessa viagem. Cada uma com sua porção de susto e encanto: o voo barulhento e milagroso do avião que a trouxe com a mamãe até aqui; o mar lá embaixo, tanta água que não se acabava mais; a casa da vovó Adelaide, tão diferente das outras que conhecia. Enorme, parecida com um castelo de princesa. Essa última semana, puxa... todos os dias, algo novo. Tudo Manu vai aprendendo.

"Que boneca linda!", uma moça aparece à frente dela. Enquanto fala, agachada para ficar à sua altura, passa a mão pelos cabelos da loira em miniatura na sua mão. "É a Barbie" - Manu conta; foi dada pela vovó, no dia do passeio no shopping center. Ganhou por ter se comportado bem, os presentes da vovó têm sempre uma condição para serem recebidos. Em tal ocasião, foi ensinada que *se comportar* é: não correr, não falar sem ser baixinho, não mexer nas coisas quando dá vontade, não contrariar os adultos, não chorar nem reclamar. Muitos nãos a serem cumpridos. No fim de tudo, ao menos vem a recompensa, aprovação sinalizada pela Barbie.

A moça se ergue, a vovó Adelaide repete as instruções dadas na recepção. Manu repara na obediência da cabeleireira, ela também já deve ter aprendido que precisa ouvir com atenção o que a vovó fala. "Nós temos uma festa de aniversário hoje, da neta de uma conhecida. Família Manzoni. Quem vai estar lá são só pessoas... Você sabe, né? Não podemos chegar com a menina *assim, desse jeito*", a vovó termina a frase com uma mímica engraçada, as mãos agitadas ao redor do cabelo, como se estivesse infestado de bichos ou coisa assim. Manu sabe que "a menina" se trata dela, mas e o "*assim, desse jeito*", o que significa? Pareceu tão esquisito o gesto.

A cabeleireira sorri, deve ter compreendido a mensagem, diferente da menina. Ergue Manu do chão e a coloca sentada na cadeira em forma de disco voador. "E descolorir nessa idade, você acha que pode?", a senhora pergunta, do banco onde tomou assento, sem tirar os olhos da revista de moda. A cabeleireira responde que é melhor não, por causa da química. "O cabelinho dela é bem crespo, né, dona Adelaide?" – continua a conversa com a avó, que devolve murmúrios. "Mas a sua filha tem o cabelo liso igual ao da senhora, não tem?" – a cabeleireira dá mais atenção às falas do que aos movimentos, Manu sente a escova fisgando sua cabeça para trás em vários golpes. "O pai é... de cor", a velha comenta. Aparenta sentir um gosto ruim no dedo ao lambê-lo dessa vez, para virar as páginas.

Saudades do papai. Nunca tinha ouvido alguém chamar ele assim: de cor. Tantas coisas acontecendo pela primeira vez nessa viagem. O termo faz Manu lembrar de seus lápis de cor, tem vontade de perguntar se é pela mesma razão o nome. Ontem mesmo fez com eles um desenho da família: ela própria, a mamãe e a vovó juntas; o papai colocado longe, no canto da folha, que era o outro canto do país. O cabelo dele é igual ao dela para pintar: tudo encaracolado. Para fazer a juba do leão e a folhagem da árvore é parecido também. Muito bonito.

"Estou pensando agora: se cortar muito, não corre o risco de armar ainda mais?", a avó tira os olhos da revista de repente. "Pode ser que sim" - a moça com a tesoura responde. - "E se tentarmos fazer umas trancinhas? Prender bem rente, sabe, e colocar vários lacinhos? Ajuda a... a *dar uma amenizada,* né?", ela procura no celular uma foto para mostrar como exemplo. A avó diz, ao ver a imagem: "Hmm, que linda!" Manu pede para mostrarem para ela também. Na tela, uma menina com cabelos dourados, pele bem branquinha. Sua cabeça vai ficar assim também, toda dividida, como se tivesse muitos barbantes enrolados por cima? Vai ficar difícil de desenhar. E bem diferente do papai. "Vamos tentar", diz a avó. A menina tem vontade de protestar, mas lembra que precisa *se comportar*, para ganhar o presente prometido de hoje. Fica quietinha, como deve. Tudo Manu vai aprendendo.

A tesoura faz o primeiro corte. Ah, não dói nada! Se ficar sem prestar atenção, nem dá para perceber o que está acontecendo. Manu dá risadinhas com cada cacho que se vai, como se participasse de uma travessura inédita. "E sua filha, não quis vir?", a moça pergunta à senhora. "Eu não contei que vinha" - agora é a vovó que dá uma risadinha digna de travessura. - "Só falei que ia passear com a menina". Será que a mamãe vai ficar brava quando souber? Esconder coisas não é se comportar mal também? Difícil entender a vovó, às vezes.

O silêncio em seguida dura pouco. "Sabe que estranhei quando vi a senhora chegando com ela? Como não conhecia, pensei até que pudesse ser filha de uma das moças que trabalham lá na sua casa. Não quero ofender...", a cabeleireira diz. "Claro que não, eu entendo, querida. Eu pensaria o mesmo". Estão falando dela? Manu aproveita a pausa nos cortes, enquanto a moça vai pegar alguma coisa na bancada, e balança a cabeça. Não há mais o peso macio dos cachinhos quicando em suas bochechas. Sente ter perdido uma parte de si, de certa forma. A cabeleireira volta, amarra seus cabelos feito cadarços de tênis. Prende os lacinhos, em cada um o beliscão, ai. Tem vontade de chorar, mas precisa aguentar ficar quietinha. Aperta bem a Barbie, que nunca deixa à mostra nada além do sorriso.

A moça diz que está pronto. Contorna Manu com um espelho e a menina vê, de todos os ângulos: não sobrou um cachinho sequer, nada para se movimentar em sua cabeça. Parece até que ela diminuiu de tamanho. A vovó se levanta: "Agora sim, está linda". Toma o rostinho dela e o gira para os lados, examinando-a. Ao fim, acaricia as bochechas por onde a segurou, as bochechas que antes os cachinhos cobriam e a vovó nunca havia tocado. "Ai, que linda!", a mulher que as recebera à entrada exclama, chegada de volta. "Linda, né?", a cabeleireira reitera.

Sim, é dela que estão falando. Deve ser esse, então, o presente de hoje. Claramente, não é com o mesmo entusiasmo que dedicaram à Barbie ou à menina no celular, mas o *linda* agora é entregue a ela também. Não tinha recebido ainda das moças essa palavra encantada e nunca, nunca da vovó Adelaide. Tantas coisas acontecendo pela primeira vez nessa viagem.

A menina vê os cachinhos dela serem varridos do chão, acha estranho, não sabe bem como deve lidar com isso.

Gostava deles, mas também gosta da aprovação recebida agora. A avó percebe a dúvida na neta, aproxima-se dela. Olha para os restos negros levados pela vassoura, faz careta como se fosse sujeira da qual se livrassem. A menina imita o gesto da avó, que acha graça. Tudo Manu vai aprendendo.

Stress

Lília Momplé

A amante do major-general crava os olhos no homem que está sentado na varanda do 2º andar, mesmo em frente, e sibila, indignada: "bêbado".

Consegue vê-lo perfeitamente, recostado na cadeira de napa meio encardida, Xirico na mesinha ao lado, copo de cerveja na mão. "Bêbado", repete ela, sem desviar os olhos do homem, "toda a tarde vai beber". E, com estas palavras, procura escamotear de si própria o motivo real da sua indignação.

O homem vai beberricando a cerveja com uma sofreguidão mal contida, a atenção centrada no copo e no Xirico. Por um instante, por um brevíssimo instante, a amante do major-general supõe que ele dá pela sua presença, mas logo se apercebe que, como sempre, aquele olhar resvalante a exclui do seu campo de visão, inteiramente preenchido pelo Xirico e pelo copo de cerveja.

É domingo e, como acontece todos os domingos a esta hora, a amante do major-general vem até à varanda que dá para a rua.

Almoçou sozinha, na enorme sala comum que poderia ser alegre e arejada, dadas as suas dimensões, a cor branca das paredes e a ampla porta envidraçada que comunica com a varanda. É, porém, um local sombrio, tal a profusão de mobiliário de precioso e escuríssimo jambirre, alcatifas, *bibelots* de metal, *maples* de veludo e pesados cortinados. Até mesmo a poeira parece circular na sala agitadamente, ansiosa por se libertar de tamanha ostentação.

A sala é, na verdade, um lugar que suscita, nos visitantes de espírito mais sensível, uma melancolia insidiosa e funda que, por vezes, no meio de uma conversa, os leva a despedir-se, acossados de pressa, como se, de súbito, lhes falte o ar, naquele ambiente, onde o luxo, aliado a um notório mau gosto, produz um efeito de extrema opressão. E os próprios visitantes se espantam com a urgência que os move a demandar a rua, pois ignoram que a melancolia acumulada assim, inconscientemente, chega a ser mais insuportável que a própria dor.

Contudo, para a amante do major-general, a sua sala é o seu reino, repleto de móveis, alcatifas, cortinados e *bibelots* que ela própria escolheu e que o major-general comprou sem regatear os altos preços e a duvidosa serventia. Por isso, ela sente-se ali perfeitamente, como ainda há pouco, enquanto almoçava, sentada à enorme mesa de jambirre, servida por um empregado silencioso e eficiente e sentindo subir-lhe à cabeça a embriagadora sensação que sempre lhe provoca o facto de constatar que tudo quanto os seus olhos abarcam lhe pertence.

Depois do almoço, o relaxante ritual de se vestir e maquilhar não fez mais do que aumentar-lhe a momentânea boa disposição. Ritual a que ela se entrega com o zelo das mulheres que vivem sós e procuram, com a sua aparência cuidada, compensar a solidão, provocando nos outros admiração, invejas e secretos desejos.

Já no quarto de dormir, despiu o robe que envergara depois do banho matinal, com o qual tanto lhe agrada deambular pela casa nas manhãs de domingo. Trocou-o então pelo vestido que já havia escolhido na véspera. É de shantung de seda, verde-mar, colado ao corpo, com um generoso decote que se repete nas costas, abotoadas, até à cintura, por minúsculos botões forrados. A nota moderna é dada pelo cinto largo e pelas mangas muito franzidas nos ombros, terminando, bem justas, um pouco acima dos cotovelos. Depois de vestida e calçada, a amante do major-general olhou-se ao espelho aprovativamente, ciente de que o vestido se adapta perfeitamente ao corpo delgado e sinuoso e a cor verde-mar lhe realça a ambarina pele de mulata clara.

Passou então a loção adstringente pelo rosto e aguardou que esta fosse totalmente absorvida. Espalhou depois a "base", primeiro, com pancadinhas leves e rápidas, seguidas de sábias massagens circulares, até que a pele adquiriu aquele aspecto luminoso que só os produtos de qualidade podem dar. Foi depois a vez de fixar o pó de arroz, finíssimo e perfumado, passar um toque de *blush* pelas maçãs do rosto e realçar o contorno dos lábios com o batom vermelho-ocre. Finalmente, a maquilhagem dos olhos requereu todo o cuidado para combinar o jogo de sombras nas pálpebras e desenhar o impecável traço de *eye-liner*, bem rente as pestanas, por sua vez alongadas com um pouco de rímel.

Só então, depois de passar uma derradeira gota de perfume pelo lóbulo da orelha e de mirar, mais uma vez, aprovativamente, a imagem que o espelho lhe devolvia, a amante do major-general se considerou pronta para sair do quarto.

Encontra-se agora, como todos os domingos à tarde, desde que vive nesta *flat*, à espera do amante, na varanda que dá para a rua, oferecendo-se, entretanto, qual troféu desejável e inacessível, à contemplação de transeuntes e vizinhos.

A esta hora, a rua encontra-se quase deserta e pesa no ar um tédio morno, latente durante os dias de semana e que, nas tardes de domingo, se torna quase palpável.

Tédio talvez segregado pelos prédios e vivendas, construções incaracterísticas, de uma beleza fácil e cansativa, concebidas, ainda no tempo colonial, por empreiteiros portugueses, com muito dinheiro e duvidoso gosto, os quais imprimiam, nas suas obras, a marca da própria vulgaridade. Mas pode também acontecer que até sejam os moradores dos prédios e vivendas os causadores deste tédio.

Uns já aqui viviam na época colonial. São, na sua maioria, portugueses que, embora não tenham abandonado o país depois da independência, guardam um amargo ressentimento contra todos os moçambicanos e recordam com saudade o tempo em que nenhum negro se atrevia sequer a passear nesta rua.

Outros são cooperantes das mais desvairadas origens europeias e americanas. Mal se vêem na rua pois entram e saem de casa nos seus carros reluzentes e, nos fins-de-semana, voam para a África do Sul ou Suazilândia ou, então, empanturram-se de álcool, na companhia de outros cooperantes, nos "complexos turísticos" e "*boîtes*" da cidade. São criaturas muito temerosas dos "instintos roubadores" dos moçambicanos e, por isso, resguardam-se atrás de muros gradeados, protegidos por cães ferozes e por guardas que mantêm de plantão, dia e noite.

Outros, ainda, são negros, famílias inteiras, oriundas dos subúrbios. Chegaram logo após as nacionalizações dos prédios, com a cabeça repleta de sonhos e esperanças, como se o facto de virem ocupar estas casas lhes conferisse, automaticamente, o direito de levarem a mesma vida regalada dos colonos que as abandonaram.

A realidade, porém, mostrou-se bem avara em benesses e hoje vivem na miséria, permanentemente preocupados em desenrascar a vida, à custa de expedientes que contrariam a sua vivência de gente pobre, mas arreigada a princípios morais herdados de geração em geração. Esses mesmos princípios levam-nos a acolher todos os parentes que chegam do mato, aos magotes, fugidos da guerra, trazendo apenas os andrajos que lhes cobrem os corpos estropiados e, nos olhos alucinados, as imagens de horror que os levaram a abandonar as suas terras. Constituem uma autêntica sobrecarga humana na cidade hostil que deles não necessita, por quanto tudo o que sabem produzir se relaciona com o campo, onde deixaram as suas raízes e, por vezes, até o gosto de viver.

Finalmente, um outro tipo de gente tem vindo a instalar-se nesta rua: são os compradores de chaves, indivíduos de todas as raças a quem, geralmente, o dinheiro não custa a ganhar e que, a troco de alguns milhões, conseguem que os verdadeiros inquilinos abandonem as suas casas, passando, fraudulentamente, os contratos de arrendamento para o seu nome. A amante do major-general é, indirectamente, uma compradora de chaves. Viveu toda a sua vida numa *flat* da Malhangalene, mas, logo que se tornou amante do major-general, passou a queixar-se de que não suportava mais aquele lugar tão impróprio, com problemas de água, de lixo, de insegurança, de má vizinhança, enfim. Até que um dia, numa das suas visitas dominicais, o major-general, mesmo antes de a saudar, lhe disse triunfante: "venha ver a casa onde vais morar agora".

Havia comprado, por bons milhões, as chaves desta *flat*, em pleno Bairro da Polana, a um casal de funcionários públicos que, estrangulado pelo constante aumento do custo de vida, resolveu regressar à sua suburbana Mafalala, passando, ilegalmente, o contrato de arrendamento da sua *flat* para o nome da amante do major-general que aqui reside há mais de dois anos.

Agora, da varanda, ela abarca com o olhar um longo troço da rua que, como sempre, não lhe oferece nada de novo. As mesmas crianças brincando desconsoladamente nos passeios, os mesmos carros, alguns de ostensivo luxo, deslizando em silêncio, com os seus ocupantes muito cientes da alta conta em que eles próprios se têm.

Os mesmos "chapas", quase vazios por ser domingo, mas rangendo penosamente, jamais refeitos do peso das pessoas que, durante a semana, tem que transportar, apinhadas como gado.

E ainda os mesmos grupos de visitantes dos doentes internados no Hospital Central, que fica mesmo ao fundo da rua. É, em geral, gente modesta, para quem estas visitas são, simultaneamente, um dever e um passatempo domingueiro. Lá vai agora um grupo, o homem um pouco à frente, apertado no seu velho casaco puído, o rosto brilhando de suor da longa caminhada desde os subúrbios, o andar meio bambo de cansaço e dos sapatos cambados, salpicados de lama. Um pouco atrás, seguem três mulheres, arrastando as chinelas de plástico. Duas levam marmitas amarradas em desbotados lenços de cabeça e a outra, um pouco mais jovem, parece exausta de carregar um filho nas costas e outro no ventre. De vez em quando, conversam entre si, mas logo se calam para melhor caminhar, meio inclinadas, como árvores batidas pelos ventos da vida.

A amante do major-general contempla tudo isto com um enfado mortal. Não fosse o homem sentado na varanda em frente, já se teria retirado para a macieza dos seus sofás de veludo e aí esperaria o amante que não tarda a chegar. Mas algo mais forte do que ela a retém de pé, travando esta luta surda e inglória que se arrasta desde o primeiro domingo em que, depois do solitário almoço, ela se vestiu, maquilhou, perfumou e veio para a varanda.

Nesse primeiro domingo, já lá estava o homem, sentado na cadeira de napa encardida, absorto no Xirico e na cerveja que, ao longo da tarde, iria bebendo. Ela agradou-se logo daquele rosto grave e melancólico, não obstante a extrema juventude dos seus traços. E também das mãos, ossudas e nervosas, que seguravam o copo de bebida com a dedicada firmeza de quem tange as cordas de um instrumento.

O homem, porém, ignorou a presença daquela mulher que, da sua varanda o observava, toda oferecida e convicta do seu poder de sedução. E continua a ignora-la, todos os domingos, ao longo de dois anos.

Tivesse ele, uma única vez, demonstrando algum interesse e a amante do major-general esquecê-lo-ia, talvez, imediatamente.

Assim, pelo contrário, e à revelia da própria vontade, pôs-se a desejá-lo com um frenesim inteiramente estranho à sua natureza fria e calculista, passando mesmo a espiá-lo às horas em que ele entra e sai de casa, apressado e grave, com a pasta debaixo do braço. E, quantas vezes, ao sentir as rechonchudas mãos do major-general percorrer-lhe o corpo, ela imagina como deve ser diferente o dedilhar dessas outras mãos ossudas e nervosas. E, quantas vezes, no breve lapso de um beijo, ela procura, no rosto desgastado do amante, esse outro rosto muito jovem e já tão profundamente tocado de melancolia.

A amante do major-general é a primeira a reconhecer a insensatez desde desejo por um homem praticamente desconhecido. Dele sabe apenas que é professor do ensino secundário, casado, pai de quatro filhos e que tem a casa a abarrotar de parentes fugidos da guerra. Calcula ainda que, apesar de letrado, é, sem dúvida, muito pobre. E ela que, toda a sua vida, nutriu uma instintiva repulsa por gente pobre, incluindo a própria família, dá consigo a embonecar-se, todos os domingos, especialmente para um professor pelintra que nem a vê. E o mais enervante, para a melindrosa mulher, é o facto de já não encontrar consolo nos olhares cobiçosos de outros homens, pois é deste que ela reclama a confirmação da sua feminilidade e beleza.

Por isso, agora, radiosa no seu vestido verde-mar, ao vê-lo todo entregue à bebida e ao Xirico, a amante do major-general continua a fixá-lo com um olhar branco de rancor. O mesmo olhar que um dia, num futuro não muito distante, sentado no banco dos réus, ele irá captar e o levará a interrogar-se, cheio de perplexidade: "Porque me odeia tanto esta mulher que mal conheço?". Com efeito, terá dela apenas uma ideia vaga e imprecisa, de alguém que, casualmente, se avista de relance.

Nesse dia, a amante do major-general será a única testemunha de acusação. Nem mesmo os familiares da esposa do réu se prestarão a depor contra ele, porque, apesar de campónios analfabetos, carregam em si uma sabedoria antiga que lhes permite distinguir um criminoso de um homem acuado pelo desespero.

A amante do major-general, porém, logo que tiver conhecimento da tragédia, ousando mesmo contrariar o amante, apresentar-se-á como testemunha de acusação, aproveitando-se da privilegiada situação de vizinha do réu. E, nessa hora de vingança, incriminará o professor com afirmações temerárias e falsas. E, a certa altura, dirá mesmo, peremptória: "O réu cometeu o crime premeditadamente. Ele não gosta de mulheres, eu acho!"

Tal afirmação provocará uma onda de risos na assistência e levará o juiz a ordenar a testemunha de se abster de emitir opiniões pessoais, fora do contexto do interrogatório. Ela abster-se-á de emitir opiniões pessoais, mas continuará a fixar o réu com os olhos brancos de rancor. Rancor que dará lugar a um brilho de triunfo quando, apesar de todas as atenuantes, for lida a pesada sentença de quinze anos de prisão.

Todavia, nesta tediosa tarde de domingo, a amante do major-general ignora ainda que, num futuro não muito distante, viverá a sua hora de vingança. Por isso, continua a observar o professor com o mesmo fulgor maligno no olhar e só dá pela chegada do amante quando este acaba de sair do seu potente Volvo. Corre então para dentro de casa, pois ele gosta de ser recebido à porta da sala.

Cumprimentam-se quase cerimoniosamente, sem beijos nem abraços, porque o major-general, casado há mais de vinte anos com uma mulher que ama à sua maneira, tem sempre muita dificuldade em adaptar-se à situação de amante, fora da cama. Aí todo ele se derrete em carícias, com um ímpeto quase feroz. Mas fora da cama prefere assumir o papel de amigo protector que se preocupa com o bem-estar da amiga, exigindo apenas gratidão e respeito.

O major-general é um quarentão pequeno e nervoso que conserva ainda resquícios do aprumo dos seus tempos de guerrilheiro da FRELIMO. Aprumo que permaneceu notável durante os primeiros anos de independência e que se foi diluindo à medida que a guerra "civil" se eterniza e ele vai sendo promovido a postos cada vez mais elevados.

Actualmente, não só o aprumo, mas os próprios ideais que o nortearam durante a luta de libertação, e pelos quais estaria disposto a sacrificar a própria vida, foram-se diluindo também, dando lugar a uma ânsia desenfreada de usufruir tudo o que na vida lhe dá prazer.

Não admira, pois, que o ventre, atafulhado de boa comida e farta bebida, se apresente agora volumoso e flácido, projectando-se do corpo como uma caricata gravidez. E que o rosto, outrora de contornos quase ascéticos, esteja agora deformado pela camada de gordura que, ao longo dos últimos anos, se vem instalando sob a pele macerada. E que o próprio olhar tenha adquirido a baça frieza da maioria dos abastados deste mundo.

Como sempre que acaba de chegar, passeia-se pela sala, com as mãos nos bolsos, embora não tenha muito espaço de manobra e se veja obrigada a esquivar-se constantemente dos móveis espalhados em profusão. Acomoda-se, por fim, num dos *maples* de veludo, junto da mesinha de tampo de mármore, onde a amante dispõe os copos e as bebidas que vai buscar à bem recheada garrafeira.

É ela quem prepara o *whisky* duplo com gelo para o major-general e um campari para si própria. Há muito que desistiu de convencer o amante a preparar e servir as bebidas (segundo as revistas mundanas, cabe ao homem essa tarefa), pois ele recusa-se a aceitar tal norma de etiqueta "próprias para maricas", como afirma. Sentados frente a frente, bebem devagar, em pequenos goles, como convém a quem, ao almoço, se fartou de vinhos de boa marca, conversam pouco, de assuntos triviais, mas agrada-lhes a mútua companhias, sobretudo pela antecipação de pecado que ela contém.

Para a amante do major-general é também muito lisonjeiro que este lhe reserve as tardes e as noites de domingo pois, só em ocasiões excepcionais, ele as passa com a esposa e os filhos.

Assim, embora não o ame, trata-o sempre com uma deferência atenciosa. Agrada-lhe ainda a perspectiva de jantar fora, num restaurante de luxo, como é hábito desde que se tornaram amantes, e até, lá mais para noite, partilhar com um homem a sua cama.

Neste momento, beberricando o seu campari e conversando de coisas agradáveis (nada de guerras e outros enfadonhos assuntos), ela quase consegue libertar-se da obsessão pelo homem que continua sentado na varanda em frente e que, todos os domingos, a ignora e humilha.

Entretanto, o professor, alheio às aflições e raivas que provoca na amante do major-general, escuta com atenção o relato de futebol enquanto bebe a cerveja que hoje encerra, no seu travo amargo, uma ponta do remorso. Remorso que o acompanha desde manhã, quando a esposa o viu chegar com as duas "médias" que fora comprar ao quiosque da esquina.

"Não te esqueças dos livros das roupas para as crianças. Qualquer dia começam a apanhar faltas", disse ela, fixando intencionalmente as garrafas de cerveja.

"Está bem. Amanhã trato disso", retorquiu o professor, arrumando apressadamente as garrafas na geleira vazia.

Aborrece-o, não tanto a implícita censura da esposa, mas, sobretudo, o facto de se ver obrigado a mentir para a sociedade. Sabe perfeitamente que amanhã não vai ter dinheiro para comprar os livros escolares e a roupa para os filhos, provavelmente mal poderá alimentá-los.

Daí este sabor a remorso do travo amargo da cerveja que o professor vai bebendo devagar, para a fazer render até ao fim do relato. Embora também não ignore que, sem estas curtas horas de evasão ao domingo, uma espécie de ritual de que o relato de futebol e a bebida fazem parte, não poderia suportar a monótona correria dos seus dias.

Desperta sempre com a sensação de que já está atrasado, arranja-se a correr e a correr engole a chávena de chá quase amargo (o açúcar é caro) e o pedaço de pão seco. Fica-lhe sempre uma vontade aguda de tomar café que muito aprecia, sobretudo de manhã, mas não pode dar-se a esse luxo. Corre então para a escola secundária onde lecciona. Vai a pé, porque quase não existe machimbombos na cidade e os preços dos "chapas" é proibitivo para a sua bolsa. Chega à escola transpirado e ciente de que grande parte das suas energias já foram gastas antes de iniciar o trabalho.

Sempre gostou de ensinar e é um dos poucos professores da escola que seguiu a carreira de docente por vocação. Mas todo o seu entusiasmo inicial se vem desgastando perante turmas de cinquenta alunos, amontoados pelas salas, sem o mínimo de condições para assimilar a matéria. São, na sua maioria, adolescentes que desprezam o estudo e os próprios professores, sobretudo os que não aceitam suborno, como ele. E que, por esse motivo, se apresentam com uma roupa puída, os sapatos cambados e até rotos, comparecendo, todos os dias, ofegantes e suados, por não possuírem carro próprio nem dinheiro para "chapa".

Quando, cerca das treze horas, as aulas terminam, o professor corre para casa onde o espera o minguado almoço que mal lhe dá forças para preparar as aulas, corrigir exercícios e ainda leccionar no Ensino Nocturno. Finalmente, perto da meia-noite, regressa a casa, extenuado e amargo e estatela-se na cama como um ébrio, para no dia seguinte, despertar com a eterna sensação de que está atrasado. E a corrida recomeça, de manhã à noite, inglória corrida que mal dá para a família não morrer de fome, estranha recompensa para tamanho esforço e tantos anos de estudo.

Ah! Ultimamente tem havido algumas surpresas. São os familiares, fugidos da guerra, que encontram abrigo certo em casa do professor, porquanto este bebeu no leite materno, o espírito de hospitalidade que o leva a acolhê-los e a repartir com eles o pouco que possui.

A última foragida foi uma tia que, por ser viúva e sem filhos, vivia na Manhiça, zona intensamente afectada pela guerra, com o pai, avô materno do professor. O velho devia ter mais de oitenta anos e recusou-se sempre a abandonar a palhota e o lugar onde se encontravam sepultados os seus mortos. Com efeito, dir-se-ia até que, lá do outro mundo, estes o protegiam, porque nos frequentes ataques da RENAMO àquela região, foram sempre poupados, provocando mesmo, na população, algumas suspeitas de que se entendia com os "matsangas".

Um dia, porém, estava ele sentado à porta da palhota com as pernas estendidas para as aquecer ao sol, quando surgiu, de repente, um grupo de "matsangas", munidos de espingardas e catanas. Um deles, provavelmente o chefe, ordenou-lhe:

— Velho, dá lá qualquer coisa para comer!

O avô, que dormitava um pouco, acordou ainda absorto nos seus sonhos e encarou os homens, sorrindo com a boca desdentada.

— Velho, dá lá qualquer coisa para comer! — exigiu de novo o que parecia ser o chefe.

Os olhos embaciados do avô mal distinguiam os recém-chegados e muito menos o seu esgar cruel, as espingardas e catanas; tão-pouco os seus ouvidos alcançaram aquelas palavras ríspidas e urgentes. Portanto, deixou-se estar, sorrindo sempre, mesmo quando homem que falava, já irado, rosnou: "Este velho já me está a chatear!", depois do que, sacando de uma "experiente" catana, lhe decepou a cabeça. Esta caiu, direita como um troféu, de olhos vítreos e boca escancarada, ao lado do corpo que continuou encostado à palhota, encharcando-se lentamente de sangue. Tudo isto observou a tia do professor, por uma fresta da janelinha de madeira do seu quarto, tudo isto ela só observou, tremendo de medo e indignação, sem poder socorrer o velho pai nem sequer gritar.

Os "matsangas" acabaram por entrar na palhota e ela só teve tempo de fugir pelo quintal e correr para o esconderijo no meio do mato, onde permaneceu até aqueles partirem. Quando regressou à palhota, encontrou-a completamente saqueada. E, qual lúgubre sentinela, o velho pai lá estava, o corpo hirto e ensanguentado, encostado à palhota, a cabeça ao lado, com a boca escancarada, sorrindo para a eternidade.

Gemendo de aflição, a tia enterrou o velho com as próprias mãos, debaixo do cajueiro onde repousa os mortos da família. Depois da solitária cerimónia não descansou um instante e, movida pela dor e pelo medo, andou sem parar nem distinguir os dias das noites, até que chegou a Maputo onde, depois de inúmeras vicissitudes e desespero, acabou por encontrar o sobrinho. Este acolheu-a naturalmente, embora já tivesse a casa superlotada de parentes seus e da mulher, e a tia fosse mais uma boca para alimentar e mais um corpo a dar guarida.

É assim que a vida do professor não é propriamente vida mas uma contínua luta para desenrascar o sustento da família, com um mínimo de dignidade. Por isso, ouvir o relato de futebol bebendo cerveja, nas tardes de domingo, constitui para ele o único oásis de despreocupação, no deserto dos seus agitados dias sem perspectiva.

Houve tempos em que alguns colegas traziam as suas cervejas e juntavam-se aqui a ouvir o relato de futebol. Mas a cerveja tornou-se cada vez mais cara e, um a um, os colegas foram optando por se reunir em casa de um vendedor clandestino de tontonto, onde se divertem por menos dinheiro. Desafortunadamente, o professor não suporta nem o cheiro de tontonto e acabou por ficar sozinho com a sua cerveja que agora se reduz a duas "médias".

A esposa sempre lhe compreendeu a necessidade de evasão nas tardes de domingo. Porém, à medida que as privações se agudizam, vai diminuindo também a sua compreensão. E esta manhã, pela primeira vez, criticou-o tacitamente, lembrando-lhe a compra urgente de material escolar para os filhos, com os olhos fixos nas garrafas de cerveja que ele precipitadamente arrumava na geleira. E, agora, também pela primeira vez, aproveitando a ausência de toda a família que ao domingo à tarde se sente a obrigação de dar um passeio, a mulher invade-lhe o espaço sagrado da varanda e, postando-se, à sua frente, reclama os livros e a roupa para as crianças e até a roupa para si própria ela reclama, o que, aliás, é compreensível, dado que possui dois vestidos desbotados.

"Mas, aqui não, por favor, agora não", roga o professor dentro de si, embora permaneça silencioso, tentando ouvir o relato por entre as reclamações da mulher. "Passe em profundidade de Chiquinho"... "As sapatilhas já estão completamente rotas"... "Pontapé de baliza pertencente à equipa do"... "Qualquer dia chumbam por não terem material"... "Goolo, Goolo, Goolo de"... "Sinceramente até sinto vergonha de sair à rua"... "Avança, faz o cruzamento e oferece o golo a".

Já não é possível seguir o relato porque a mulher, cuja paciência parece ter alcançado o ponto de rotura, entrou agora num estado de frenesim e grita sem parar, abafando completamente a voz do relator. Lentamente, muito lentamente, como quem se move numa outra dimensão, o professor levanta-se da cadeira e, dirigindo-se à mulher que o fita perplexa, com ambas as mãos, apodera-se-lhe da garganta que vai apertando, apertando, até que ela deixa de estrebuchar e, escorregando, acaba por cair, inerte, no chão.

Assim a deixa o marido que se instala de novo na cadeira de napa, ouvindo o relato até ao fim e beberricando a cerveja até à última gota. Só então parece dar pela esposa, estatelada no chão e, ao aproximar-se dela, vê o seu próprio espanto reflectido na expressão incrédula e magoada do rosto da morta. Com gestos de autómato, ergue-a do chão e leva-a nos braços para o quarto onde a estende, com infinito cuidado, na desconjuntada cama de casal.

Um pouco mais tarde, já na esquadra da Polícia, dirige-se ao agente de serviço e confessa, num murmúrio:

— Venho entregar-me. Matei a minha a minha mulher.

— Matou a sua mulher? — pergunta o polícia, atónito, pois não consegue relacionar aquele homem de aspecto tão pacífico com um crime de morte.

— Sim, matei — murmura de novo, o professor.

— E porquê? Qual foi o móbil do crime? — insiste o polícia, num tom já mais profissional, mas ainda incrédulo.

— Não sei. Acaba de a matar.

— Não sabe? Então acaba de matar a sua mulher e não...

— Não sei... talvez porque eu próprio já não consigo viver — responde o professor, tirando do bolso um velho lenço, com o qual tenta ocultar as lágrimas que, teimosamente, lhe brotam dos olhos.

Sabor

Miguel Sanches Neto

Ainda estava escuro quando ele entrou no quarto dos meninos, a xícara de café na mão esquerda, acendendo a luz com a direita. O caçula, que dormia na cama ao lado da janela, esfregou os olhos e ergueu os acolchoados de lã de carneiro, o pai sentiu o cheiro ardido de urina velha. Ele já não fazia mais xixi na cama, mas o colchão ainda guardava o odor ácido por mais que a mãe o tivesse deixado no sol. Os outros dois meninos ocupavam o beliche tingido de marrom e o do meio, que dormia na parte de baixo, nem se mexeu, protegido pela sombra da cama de cima. Só o mais velho se sentou.

— Hoje não vão para a escola.

O pai bebeu um gole de café, assoprando a xícara, e foi descobrir o do meio. Ouviu-se a clarinada de um galo no quintal. Os meninos atenderam a ordem de levantar sem que o pai dissesse mais nada. Colocaram os pés nos chinelos de dedos que ficavam ao lado da cama, tiraram o pijama de flanela costurado pela mãe e vestiram roupas frias, apesar da blusa de gola rolê, todas as três iguais, só a cor variando.

Quando o mais velho jogou água no rosto sentiu um arrepio na espinha, mas perdeu o medo da água e aproveitou para molhar também o cabelo, facilitando o trabalho do pente. Por mais que penteasse, fios de água escorrendo pela gola, sua cabeleira continuava revolta, as mechas se recusando a ficar lisas no penteado para trás, imitando o do pai. Escovou os dentes enquanto o caçula mijava, a fumaça levantando da patente. O do meio apenas jogou água no rosto e se enxugou com a toalha meio úmida pendurada no prego atrás da porta.

Reuniram-se na mesa da cozinha para tomar café. Ainda não eram seis horas, a primeira claridade quebrava a escuridão da madrugada. Um ou outro caminhão carregado de gente passava na rua. A mãe também estava com os cabelos úmidos, uma blusa de lã e calça de malha. Todos tinham os pés meio roxos nos chinelos gastos, desbotados de tão limpos, fervidos todos os dias na mesma lata em que a mãe fervia os panos de limpar chão.

O pai tinha saído para o fundo e se ouvia o barulho de faca sendo afiada na pedra do tanque. Nenhum dos três reclamou e o mais velho se sentia alegre, não precisaria ir para a escola e teria um dia cheio. Comeu a fatia grossa de pão com manteiga, bebendo café com leite, e correu para o fundo.

Um tacho de água estava num fogo improvisado ao lado da jabuticabeira. A mesa da área do fundo tinha sido colocada perto. O pai lidando com três facas, uma com a lâmina tão gasta que parecia um punhal, mas um punhal imenso. Logo chegou o irmão do pai, que também não usava blusa. Todos os homens se recusavam a pôr qualquer tipo de agasalho, mesmo quando geava, e esse era o jeito da família.

Assim que o tio chegou, o pai deixou as facas de lado. A mãe veio com uma xícara de café e deu para o cunhado, que saiu bebendo, rumo ao chiqueiro. Deixou a xícara já vazia num toco e entrou com o pai no cercado onde havíamos criado um porco com os restos de comida. Os dois homens encurralaram o animal, um segurou na cabeça e o outro puxou as patas de trás, e logo ele estava sendo transportado aos gritos para umas tábuas colocadas no chão. O pai não precisou falar nada, o mais velho chegou com a faca pontuda. Os outros meninos rodearam os que imobilizavam o porco. As crianças já tinham visto isso outras vezes, a habilidade do pai era uma coisa que dava gosto. Com o joelho esquerdo na cabeça do porco, o pé direito pisando a perna de baixo, o pai ergueu a outra perna e naquele corpo cinza e sujo surgiu uma parte clara no encontro do pernil. O tio tentava controlar os coices do porco, que gritava gritava gritava, sufocado pelo joelho do pai.

— Quem estiver com dó fuja já daqui.

Os meninos calmos. Os primeiros raios de sol brilhavam na faca que o pai apontou no peito do porco, bem embaixo do pernil da frente. Foi uma estocada só, o porco gritou agora com toda a força. O pai deixou a faca no peito dele, a sangue escorreu aos borbotões, sujando as tábuas. Nesta mesma hora, o porco começou a fazer cocô. O mais velho olhava o sangue que saía junto da faca. O porco gritava. E o pai dava tempo para que morresse, mas ele não morria. O tio fez uma gracinha com o pai, perguntando se ele não tinha bebido alguma coisa para firmar o pulso.

O pai tirou a faca e a enfiou de novo, só que um pouco mais para o centro do peito do porco. Ouviu-se o barulho de um osso e a faca não foi para frente. Tentou mais uma vez, a lâmina entrou, mas o bicho gritava ainda mais, sangrando e cagando sem parar. O pai mexeu a faca no peito dele, cutucou para todos os lados, tentando achar o coração. Mas o porco não morria.

— Quem está com dó do porco? — gritou.

— Eu não — os três responderam.

Na calça do caçula apareceu uma roda de xixi e ele tinha os olhos paralisados. Não de medo. De emoção. Sempre o pai matava o porco na primeira estocada, agora o animal sofria. Apesar do frio, a testa do pai estava molhada, o porco era grande e a posição incômoda. O mais velho sim tinha os olhos cheios de lágrimas. Antes o porco morria rápido, não dava tempo para sofrer, para aquela judiação.

Era ele que levava comida ao chiqueiro todos os dias e ficou se lembrando do olhar do porco quando despejava a lata de lavagem no cocho. Depois o porco não ligava para ele, o focinho revirando a comida azeda, mas tinha tido um olhar de carinho. Na escola, os crentes diziam que porco era imundo. Como, se a carne era boa, muito boa? E eles tinham um olhar terno, pelo menos quando estavam com fome. Agora era o porco que ia matar a fome deles, mas o menino entristeceu.

— A outra faca.

O mais velho era o encarregado de mexer com as facas e nem se moveu diante da ordem do pai. Ele repetiu que era para pegar a outra faca, usada só para pelar. O menino saiu e voltou correndo, mesmo a mãe tendo proibido que ele corresse com faca na mão. Quando o pai pegou a faca, deixou nos dedos dele o sangue do porco e ele sentiu um arrepio. O sangue era quente, apesar da manhã fria.

O pai enfiou a faca de lâmina mais grossa no mesmo buraco da outra, que ficou jogada nas tábuas, e deu mais uma mexida com ela no talho, que agora era grande. Beiços brancos de gordura podiam ser vistos na ferida aberta.

— Está retalhando o porco antes de matar — brincou o tio.

O pai não respondeu e disse que alguém ali estava com dó do porco, que ele não ia morrer enquanto alguém continuasse tendo dó. O menino mais velho não queria ganhar fama de medroso. Tinha pena do porco e também do pai, desmoralizado perto do irmão, que depois sairia contando para todo mundo as trapalhadas de quem não conseguia mais nem matar um porco.

O sangue continuava saindo em golfadas.

— Não vai sobrar sangue pra fazer chouriço — disse o tio, rindo.

O pai cada vez mais irritado. Se tivesse um revólver, era capaz de matar o porco com um tiro. Mas só tinha facas, facas destinadas a sacrificar animais. Não serviam para mais nada, ficavam enfiadas nos caibros da área do fundo, no alto para criança não alcançar, e só eram usadas em dia de matar porco.

E o porco guinchava desesperado. O cheiro de sangue se

misturava ao de bosta fresca e o pão revirou na barriga do mais velho, que enfim achou uma desculpa para se retirar ao ver a calça molhada do caçula.

— Vou levar esse daqui, acho que está com medo.

— Não tô com medo, não.

— Tá sim. Olha a calça molhada.

— Quero ver o pai tirar o coração.

— Ele não vai tirar o coração. Vai só sangrar.

— Fujam todos daqui — falou o pai —, é melhor ficar perto de um homem cagando do que de um que está trabalhando.

Os três meninos saíram e o mais velho ficou aliviado. Foram para a rua, onde ainda se ouviam os gritos do porco. Então deixou os irmãos na calçada e foi dar uma volta, enquanto escutasse os gritos ficaria lembrando do olhar do porco e ele não morreria. Duas quadras abaixo da casa, passava a rodovia. Ele se sentou no meio-fio e começou a contar os carros. Quando tinham passado 20, caminhão não valia, o menino voltou.

Chegou com o pai já pelando a cabeça. O irmão do meio pegava água quente no tacho com uma leiteira e ia jogando aos poucos nos lugares onde o pai e o tio passavam a faca. Não podia pôr muita água porque encruava. Antes esse serviço era feito pelo mais velho, que agora ficou só olhando. Os homens limpavam as orelhas depois de a terem enchido com água fervendo. Em seguida, o focinho. Era o fim. Só faltavam os pés. Foi o tio quem pegou a leiteira e enfiou cada um dos pés na água quente para tirar os cascos, que eram jogados longe. O porco havia perdido sua cor suja. O mais velho pegou a leiteira deixada num canto e foi até o tacho buscar água para lavar as tábuas e o porco. Os homens ergueram-no pelas patas e o menino virava a vasilha, ia correndo até o tacho e trazia mais e mais água. Era assim com o pai, ele não podia mandar. As pessoas tinham que saber o que esperava delas.

Quando tudo estava limpo, o porco deitado nas tábuas com as patas para cima, a cicatriz imensa no peito, o pai lavou as facas e com uma delas se pôs a abrir o bicho, começando pela garganta e parando no cu. Quando chegou lá, rodeou o pequeno buraco para tirar a tripa inteira. Qualquer descuido e enchia a carne de merda. Daí o tio ergueu pela cabeça o porco e o mais velho já estava com a bacia de alumínio pronta, o pai puxou a barrigada, desprendendo com a faca a língua, e despejou tudo na bacia. O menino ergueu a bacia com dificuldade e levou para perto do chiqueiro, enquanto os homens lavavam o porco com uma mangueira.

Colocaram o corpo agora leve e limpo na mesa e o esquartejaram. O menino mais velho já estava lidando com a barrigada. Separou o coração, cheio de pequenos cortes por todos os lados, depois fígado, rim e língua, tirando também a banha bem clarinha que fica presa como renda na barrigada. Guardou tudo numa bacia menor e foi até os homens, ligou a mangueira e lavou aqueles pedaços sangrentos e gordurosos. O tio pegou o coração na mão e mostrou para o irmão.

— Você está ruim de pontaria.

O pai ri e diz que é a primeira vez que não mata com uma estocada só.

O menino mais velho vê aquele coração e sente como se ele fosse seu. Fica com o peito apertado e vontade de chorar. Mas não pode dar esta demonstração de fraqueza. Seus irmãos pararam em volta dos homens que agora separam a cabeça e colocam tudo na bacia com os miúdos. O mais velho pega a bacia e sai para a rua. Vai levar para uma família pobre que mora num barraco perto do cemitério. Toda vez que matam porco o pai dá estas partes para a mulher, uma mãe solteira que cria dois filhos catando ferro velho no lixão da cidade.

Quando faz alguma coisa, o menino não sofre. Agora está alegre ao entregar os pedaços do porco para a mulher. Conversa com o filho dela, que tem a mesma idade sua e volta com a bacia limpa. A mulher lavou antes de devolver para ele e dizer Deus te ajude.

Quando entra em casa, o pai e o tio já saíram para o trabalho. São quase nove horas, a mãe, que até agora não tinha se preocupado com o porco, ficara arrumando a cama e varrendo a casa, estava com um avental, esfregando a barriga contra a mesa toda engordurada. O menino do meio lavava as tripas com a mangueira, observado pelo caçula. O mais velho pegou uma das facas e foi ajudar a mãe a cortar toucinho. De tempo em tempo, a mãe jogava mais uma lasca de lenha no fogo. Picaram todo o toucinho, que era limpo e tão branco que parecia pedaço de doce de leite. Levaram mais de uma hora, depois jogaram os pedaços no tacho e colocaram o tacho no fogo, ouvindo o chiar da gordura que começava a brotar. Em pouco tempo, o tacho era só gordura e nadavam por cima os torresmos. A mãe e o menino continuavam cortando carne, separando os pedaços sem osso para fazer lingüiça e uns bifes para o almoço. O restante ia sendo jogado tudo na bacia onde antes estava a barrigada. As tripas, já limpas, descansavam numa outra vasilha, cobertas por suco de limão, e os restos da barrigada foram postos numa lata. Os irmãos mais novos tinham ido brincar na frente da casa. Só o mais velho e a mãe trabalhavam.

Quando já não tinha mais carne para cortar, a mãe pegou uma espumadeira e foi retirando os torresmos do tacho e deixando sobre uma peneira. O menino escolhia os mais carnudos, espremia limão em cima e comia, ajudando a mãe numa e noutra tarefa, como pegar as tripas e tirar o visgo, amolecido pelo limão. Elas ficavam transparentes como plástico. Depois lavava as tripas em várias águas e deixava secando no varal.

No tacho, a mãe colocava a carne com osso, que em pouco tempo estaria frita. Os dois então começaram a faxina. Lavar a mesa, as facas e as bacias vazias, guardar o torresmo, já frio, em sacos plásticos. E depois prender na mesa o moedor de carne, igual ao de café, mas luzindo de limpo. A mãe rodava a manivela e ele ia pondo pedaços de carne na máquina, retirando a que já saía moída, guardando tudo numa outra bacia. Quando a mãe cansava, ele lidava com o moedor um pouco, mas não agüentava muito tempo. A carne era temperada com pimenta e sal e daí chegava a melhor hora: encher as tripas, abertas com arame. Era bom ficar enfiando a carne macia e cheirosa com o dedo, depois ir apertando com a mão para, por fim, quando a tripa estivesse cheia, amarrar e pendurar no varal da varanda.

Tudo sincronizado. Quando acabaram de encher as tripas, a carne já estava frita. Aí tiraram o tacho do fogo, deixando esfriar um pouco, e despejaram a gordura e a carne em duas latas de 20 litros. A mãe punha um guardanapo branco sobre a boca e só tampava quando tivesse bem fria, a gordura já começando a talhar.

Ele ficava arrumando as últimas coisas no quintal, jogava mais lenha no fogo e a mãe ia para a cozinha. Quando o menino entrou, trazia almeirão colhido na horta. A mãe já tinha arroz e feijão no fogo, cortava o tomate para a salada e fritava grossos pedaços de pernil como se fossem bifes. O pai chegava para almoçar, bebia uma pinga e todos comiam aquela carne sem já se lembrar do porco.

Na hora de lavar a louça, a mãe juntou os restos de comida numa panela, mas daí lembrou que não tinha mais para quem levar a lavagem. Foi ao fundo do quintal e jogou para os passarinhos. O pai saiu com quase toda a lingüiça numa sacola, ia distribuir a parentes e compadres. Para a família ficaria uma pequena parte, secando no varal sobre o fogão a lenha da área do fundo, usado mais para ferver roupa, cozinhar feijão e fazer doce em tacho.

Na parte da tarde, a mãe trabalhava no sabão, colocando o resto da barrigada no tacho, as pelancas que não tinham sido aproveitadas e um pacote de soda cáustica. Depois de dissolver tudo em fogo alto, o tacho ficava esfriando e no outro dia ela cortaria com a faca os pedaços daquele sabão, cinzas como o porco, guardando-os numa prateleira na varanda. Era com esse sabão que lavava nossa roupa e fazia as últimas limpezas para tirar a gordura de tudo.

O cheiro doce de carne ficaria mais um ou dois dias na casa, mas logo desapareceria e a lingüiça verde e mole no varal ficaria dura, desprendendo um odor maduro de tempero. Mas, no dia seguinte, o menino, ainda sentindo nas unhas o cheiro de carne, tinha que ir para a escola e ocupar suas mãos com lápis, borracha e caneta.

Só voltaria a se lembrar do porco quando já estavam enjoados de comer a carne escura da lata e um dos dedos do pé começasse a coçar desesperadamente. O menino tinha que pedir autorização para sair da sala e ir ao banheiro. Sentava na patente, tirava sapato e meia e ficava coçando a imensa moranga, que tinha deixado o dedo inchado e lustroso.

Em casa, conta para mãe e ela pergunta por que não reclamou antes.

— Não coçava.

— Pelo tamanho, tem mais de dois meses.

Ela vai à máquina de costura, pega uma agulha fina, desinfeta com álcool e se ajoelha aos pés do menino. Afastando a pele em volta do bicho, segue cavoucando com todo o cuidado para não arrebentar a bolsa. Com paciência, retira a moranga inteira, deixando um buraco no dedo do filho. Depois passa álcool no machucado e a ardência que ele sente é algo bom, pois traz alívio, e ele se lembra de fazer uma pergunta.

— Por que o pai não está mais criando porco?

A mãe agora passa mais álcool na agulha e a espeta na blusa, perto do seio.

— É que o médico me proibiu de comer gordura.

— Com o que a senhora vai fazer comida agora?

— Com óleo de soja.

O menino ouvira sempre o pai dizer que a soja tinha acabado com a cidade, que todos os trabalhadores tinham ido embora, que agora só havia serviço para trator, colheitadeira e até para avião, que passava veneno nas lavouras. O pai não gostava de soja, continuava comprando e vendendo arroz, feijão e milho na cerealista. Café não comprava mais, porque ninguém produzia.

O menino achou que aquela mudança de gordura para óleo não era uma coisa boa pelo olhar triste da mãe.

— Mas a gente continua comendo a carne de lata e a senhora ainda usa gordura?

— É que não agüento o cheiro do óleo. Por isso não como na casa da tua avó.

Não haveria mais porcos no quintal e isso era bom e ruim. Ele gostava de toda a movimentação do dia de matar e limpar porco, mas sofria com a morte do bicho. Agora ficaria longe da morte.

Naquela mesma semana o pai apareceu com uma caixa de latas de óleo. A mãe mandou guardar na despensa e não abriu nenhuma delas. O pai, na hora da comida, sempre perguntava se ela tinha usado óleo.

— Não consigo.

— O médico disse...

— Eu sei o que o médico disse.

— Então por que não tentar?

A mãe recolhia os pratos e ia lavar com o sabão de soda. O pai repetia a história que todos já sabiam. Que uma tia dele também não podia comer gordura e o médico falou para ela usar óleo de soja. Ela respondeu que preferia morrer. Nunca ia deixar de comer carne de porco e cozinhar com banha. Uns dois anos depois, teve um enfarto.

O pai foi até a despensa e trouxe uma lata de óleo, fez dois furos na tampa com a faca que usava para matar porco e deixou a lata na parte debaixo da pia.

A mãe então lembrou de fazer uma promessa, ali, lavando a louça com o último pedaço de sabão do último porco. Se se acostumasse com o óleo, daria uma lata de óleo por dia, durante um mês, para pessoas pobres.

E, no dia seguinte, ela começou a usar óleo. Primeiro no arroz. O feijão vinha nadando na gordura, mas o arroz estava mais seco. O pai, para dar exemplo, regava a salada com óleo. O cheiro dele frio embrulhava o estômago da mãe.

Um grande barulho interrompeu o almoço no dia em que a mãe tinha conseguido comer um pouco do feijão feito sem gordura. Todos saíram para ver o que era. Uma batida. Um jipe velho tinha vindo na contramão e acertado um Opala. Agora os motoristas estavam brigando, e o do jipe xingava o outro. Os dois queriam ter razão e um acusava o outro de barbeiro, irresponsável. Era só bate-boca, havia uma distância boa entre os dois. Começou a juntar gente, o motorista do Opala dizendo que o outro tinha que pagar o estrago. O outro dizendo que não ia pagar coisa nenhuma, cada um assumia o prejuízo. O do Opala falou que ele era mesmo um grande filho-da-puta. O outro pediu para ele repetir se fosse homem, que nome de mãe não entrava em briga. O outro repetiu, filho-da-puta sim, de uma grandíssima puta. O motorista do jipe foi até uma caixa que ficava na parte de trás do carro e tirou uma faca.

O menino viu quando o sol do meio-dia brilhou na lâmina. Era uma peixeira imensa, igual àquela que o pai usava.

Todos se afastaram, o pai do menino falou para ele entrar. Mas ele não entrou.

— Sabe o que você é? — perguntou o motorista do jipe.

O do Opala não respondeu, estava assustado. E o outro repetia.

— Sabe o que você é?

Silêncio.

— Uma merda de um porco que nem sabe brecar um carro.

Alguém perto falou parem com isso.

— Quem abrir a boca entra também na faca.

Um choro de mulher saiu bem baixinho e depois uma velha se apressou para a outra rua. O pai achou que tinha autoridade, estavam na frente da casa dele, era dono da cerealista, conhecia o motorista do Opala. Falou.

— Celso, vá para casa.

Quando Celso se virou para entrar no carro, o outro avançou e deu uma facada nas costas dele. O menino viu tudo em câmara lenta. E chegou mais perto, os olhos molhados. A vítima caiu e o outro pulou em cima e deu mais uma facada. Celso não gritava, mas as pessoas em volta sim. O pai correu para a cerealista, ia chamar a polícia, a mãe agarrou o filho e puxou para dentro. Ele não queria ir, gritava me solte me solte, estava agora chorando. A mãe segurando-o pelo braço, ele não querendo ver mas precisando ver. Olhava as facadas, o homem não parava e o outro se mexia tentando se livrar, o menino olhava, mas aí a mãe fechou o portão do quintal e o arrastou para a cozinha. O menino chorava.

A mãe fechou a porta e ficou com os três filhos. Os outros

tinham seguido sem falar nada. O mais velho gritava:

— Quero ficar perto do homem.

— Calma, calma, a polícia já está chegando.

A polícia chegou quando Celso já estava morto. Levaram o corpo, guincharam o carro dele e a mãe deu água com açúcar para o filho. Meia hora depois ele estava mais controlado. Saiu no quintal e viu o pai lavando o sangue no asfalto com a mangueira e com uma vassoura velha.

Chegou perto e disse:

— Pai, era eu que tinha medo quando o senhor matava porco.

— Fuja já daqui, menino — falou o pai, esfregando o chão.

A mancha de sangue não durou nem uma semana, a poeira logo cobriu tudo. A mãe pegou as facas do pai e jogou na privada e ele nunca deu falta, ou fingiu não dar. A comida começou a ser feita só com óleo e junto com a primeira lata, que o menino teve que dar para uma família pobre, levou também o resto de banha com carne. Uma semana depois, o pai teve que comprar uma nova caixa de óleo e uma caixa de sabão em pedra. E em seguida, talvez para agradar a mãe, que andava um pouco triste, ele chegou com uma geladeira vermelha. A mãe disse que ia usar só para esfriar água e refrigerante, pois nunca se acostumaria com carne congelada. Mas logo o pai estava comprando grandes quantidades de carne de boi, em bifes que já vinham cortados e batidos numa máquina, e a mãe tinha que congelar. Foi quando a vida começou a perder o sabor.

A flauta do Oriente

Daniel da Costa

O velho acariciava a cicatriz com um leve sopro de flauta e a dor deixava-se então embalar de mansinho. No regaço, a dor sonecava como uma criança, depois de um dia às cambalhotas num quintal forrado de areia.

Era Saguate o nome do velho.

No dia em que as rodas do comboio devoraram a sua perna, a dor soube-lhe a encomenda vinda do inferno. Não lhe pareceu então que ela gostasse de música. Bem pelo contrário, durante o mês todo, a dor fez-lhe foi soltar uns grunhidos esquisitos que não tinham perfil para serem associados nem ao produto de uma flauta ou de algo equiparado.

A história da flauta veio a desaguar no rio da sua vida muitíssimo depois e a coisa aconteceu por cristalino acaso.

Quando Saguate estava de baixa, o seu pranto inundava por completo os compartimentos contíguos e corredores, o que incomodava todos os outros utentes da unidade hospitalar, incluindo o pessoal médico e o corpo de enfermagem.

Numa certa tarde, calhou que estivesse a passar por perto um cirurgião indiano de ouvido apurado. É uma daquelas coincidências que de tão felizes a gente debita logo na conta dos milagres. Foi, reconheça-se, uma tarde de sorte grande para Saguate.

O homem do Oriente seguiu as pegadas da dor e descobriu o quarto onde se localizava a barragem. Com técnicas milenares trazidas da sua terra, acalmou a albufeira de pranto e viu reconstituir-se no rosto de Saguate o primeiro sorriso. Assim nasceu a amizade entre o médico e o doente.

Saguate aprendeu a ler o segredo das cicatrizes e assimilou na íntegra as lições do mestre que, mais tarde, passaram a incluir a arte de domar a dor com recurso a uma flauta importada da Índia. É que durante as aulas, foi descoberto pelos dois amigos que a cicatriz gostava de música. Ninguém mais sabe como foi que se descobriu tal coisa.

No princípio, a flauta era tocada de duas em duas horas. Depois que a dor se desembaraçou do seu instinto selvagem e ganhou, digamos, tiques mais civilizados, as sessões de música passaram a acontecer com menos frequência. A periodicidade das sessões chegou a fixar-se em uma vez por mês, de preferência nos sábados, longe dos olhares indiscretos da empregada que pontualmente se despedia às duas da tarde.

Os anos sobrepuseram-se e Saguate tornou-se um exímio tocador de flauta. A cicatriz até já dava uns pulinhos de alegria dentro dos panos que cobriam a parte inferior do seu corpo e que tinham de ser segurados com extraordinária firmeza por um alfinete de fabrico local.

Saguate tocava e a cicatriz dançava. Quando Saguate se desfazia do alfinete, os panos aplacavam no território mais próximo e, da cintura para baixo, ele ficava praticamente nu.

Hoje Saguate está nu outra vez e a carícia prossegue com leves sopros. Vê-se-lhe um bocado de perna a erguer-se paulatinamente. Como uma serpente cega, a perna da operação abana a cabecinha cicatrizada.

A cada sopro de música, a flacidez do membro que já foi inteiro dá lugar a um corpo cada vez mais rijo, mais robusto e embriagado de excitação.

O ritual é intenso e as suas margens são invadidas por um antigo caudal de gozo. Fácil ver isto nos olhos de Saguate que, nas largas bochechas, agora reacende um sorriso enigmático e continua docemente a soprar o instrumento. Num movimento lânguido, expele o ar dos pulmões e cerra as pálpebras de novo, o som untando a cena com mel e a serpente muito próxima do seu nariz, esticadíssima.

Este o quadro com que a criada dá de chofre ao voltar ao local de trabalho. Na azáfama da largada para o fim-de-semana, ela esquecera-se da sua carteira com o dinheiro para o chapa. Em transe, o dono da cicatriz não se apercebe de nada. Apenas o corpo ali no sofá, a flauta enterrada nos lábios, o espírito perdido nas nuvens do prazer.

A criada fica de boca aberta, o grito preso na garganta. Ela depois dá uns dois ou três passos para trás e sai disparada para a rua, com o grito já desencravado.

Não tardou que os portões das cercanias vomitassem para a rua adultos enfurecidos, com um séquito de crianças curiosas em direcção da casa de Saguate. Munidos de garrafas partidas, paus e pedras, os vizinhos não vão desperdiçar a oportunidade para repor a justiça na agenda do bairro.

O relato da criada patrocinou alguma lógica nas versões desencontradas que tinham na origem um problema que ultimamente afligia a comunidade. Uma invulgar onda de sonhos molhados abatera-se sobre as mulheres da zona. Para os maridos que entretanto já batiam à porta de Saguate com violência, só podia ser aquele o homem que, a coberto da noite, se punha a deambular pelos telhados para hipnotizar as mulheres e fazer sexo com elas à distância.

A multidão deitou a porta abaixo, a flauta emudeceu, mas Saguate ainda continuava nas nuvens.

Oxê

Marcelo Moutinho

Foi num relance. Doutor Sarmento, o coordenador de segurança, havia falado com clareza. Seu trabalho é cuidar da arquibancada, do torcedor, não é ficar vendo o jogo. Claro, doutor. Presta atenção em qualquer movimentação estranha. Torcedor muito exaltado, grupinhos. Claro, claro, o senhor pode contar comigo. Hoje não vai ser mole, é eliminatória, um cai fora, o clima está tenso, sabe como é. Pode contar. Apesar das advertências, o primeiro tempo corria sem sobressaltos. Então o grito.

— Viado!

Dei até breve às recomendações do doutor Sarmento e torci o pescoço em direção ao gramado, a tempo de flagrar a cena. A bola, ao alto, fixada num sem-tempo estático.

Suspensa entre os borrões coloridos do estádio inteiramente tomado. Abaixo, pernas compridas se cruzavam. Chegar até ela, tocá-la. A bola: objetivo. Um xis aéreo com duas lâminas afiadas, os gumes no espelho que reflete seu avesso. Eu podia reconhecer, na interseção das canelas, o desenho do machado. O grito, não indentifiquei de onde partiu.

Antes que a jogada se definisse, voltei os olhos à arquibancada. Seu trabalho não é ficar vendo o jogo. A voz do doutor Sarmento ecoava, intempestiva. Sabe-se lá quem ficou com a bola. Alguns, na primeira fileira, reclamavam falta. "Filho da puta! Ladrão!", eu entendi que a mão grande era contra o Brasil. Definido o suposto filho da puta. Mas o outro berro vibrava dentro de mim, em espiral.

***

Foi Betão, nosso zagueiro, quem me arrumou esse emprego. Ele sabia da minha experiência com segurança, quase cinco anos no Alfa Shopping, dois numa empresa de eventos. Me formei em Sociologia, mas o mercado para professor não é mole. Na área de estudo, nunca trabalhei. Em vez de ensinar as teses de Durkheim e Weber, vendi seguros, dei aula de inglês, dirigi táxi, pagando diária. O porte físico acabou me levando para a vigilância. É o que tem para hoje.

Eu e Betão estamos juntos há sete meses. Compromisso mesmo, fechadinho, no modelo. Mas ninguém no time dele sabe, muito menos na Seleção. Deixa comigo que vou falar com o coordenador sobre esse negócio de emprego, ele é *parça*. E pronto, estou aqui.

No começo, trabalhava em jogos de menor expressão, times pequenos como Olaria, Bonsucesso. Pouco público, mas valeu como experiência. Até porque lá o bicho pega. Já vi de tudo, até cadeira ser atirada no campo. Em cima do lateral. Detive o torcedor, enquanto o menino levava pontos na cabeça. Aos poucos, fui ganhando a confiança do doutor Sarmento. Um clássico de meio de tabela, a semifinal do campeonato estadual. Quando soube que a Copa do Mundo seria no Brasil e haveria partidas no Maracanã, quase implorei ao doutor Sarmento que me escalasse. Mas nunca imaginaria que isso aconteceria num jogo da Seleção, numa semifinal.

Propus ao Betão que, se o Brasil ganhar a Copa, nós viajemos juntos. Conhecer outro país, os Estados Unidos, sei lá. Ele disse que vai pensar. Que, se conseguir um contrato fora, me leva como segurança particular. Aí a gente pode morar na mesma casa, sem que ninguém fique fazendo comentário. Tudo bem combinado porque no meio do futebol tem que ser assim. Até topei que de vez em quando rolem umas festinhas, com meninas profissionais. Bom para manter as aparências, ele comentou.

***

Umas das pernas, no xis, era do Betão. Reconheci os contornos da pele negra no contraste com o branco da meia, os sulcos dos músculos da coxa, que tantas vezes senti roçar entre as minhas pernas. No átimo da imagem agora fixada como lembrança, a bola continua flutuando no ar, inalcançável. A jogada terminou em coisa alguma, caso contrário eu vislumbraria, na reação da arquibancada, um indício de tragédia, ou de gol. Nada.

Possivelmente, os dois — Betão e o adversário alemão — estatelaram-se na grama, e a bola foi dominada por um terceiro.

Antes de a Copa começar, ouvi do Betão que o Brasil ganhar era uma questão de justiça. Que não seria justo, depois de 1950, perder outra Copa em casa. Que a taça seria um presente para o povo brasileiro, tão sofrido e merecedor. O tal povo que eu encarava de frente naquele momento. E cujo silêncio crescente e atordoado atestava: a Alemanha vencia. Venceria. Mais: golearia, uma inédita humilhação em nosso jardim principal.

Foram, como me informaram logo ao fim do jogo, sete gols. Se a culpa caberia a todos os jogadores, de todas as posições, o que dizer do zagueiro titular, de Betão? Aquele que deveria manter protegida a meta brasileira. Impenetrável.

— Isso é que dá ter beque viado no time.

A frase, agora menos aleatória, veio no princípio do segundo tempo. A Seleção batia cabeça na roda imposta pelos alemães. Eu já não me preocupava tanto com a arquibancada porque a revolta logo cedeu à apatia. O Maracanã era uma parede de flores pálidas.

Ao escutá-la me virei novamente para o campo, que se fodesse o doutor Sarmento. Encarei com firmeza os que estavam à volta e falavam português: o gandula, a comissão técnica, jogadores. Mas não havia como identificar o autor. Havia o silêncio, a multidão. O aço amolado da lâmina faiscando nos olhos. E a frase tremulava, como um instante que nega a própria natureza e se recusa a morrer.

A MULHER SOBRESSALENTE

Dany Wambire

Queriam que eu fosse peça sobressalente.

Quando a manhã do dia 1 de Novembro de 1990 anunciou a sua chegada, a minha mãe estava na sua companhia. Encostada ao portão lilás da minha senhora, ela não se deixou alimentar do medo que os cães de casas próximas a forçavam a consumir. Nem o coro de latidos, executado por cães distantes, solidários com os que acabavam de ver o seu território violado, foi capaz de a demover do único acesso à casa da minha patroa.

Temendo importunar os proprietários, sentou-se no passeio da casa. Aliás, não era intenção dela ser atendida de madrugada. Chegou demasiado cedo só para que ela e a minha senhora não se perdessem nas pistas de entrada e saída da zona.

O assunto que ela trazia pedia urgência. Ela estava a ser acusada de ter facilitado a minha fuga para a cidade. Eu me tinha evadido da cadeia, que são as minhas origens, para ser uma criada na cidade. Tinha medo de não poder ir à escola, para ficar a plantar milho, arroz e inhame, vê-los crescer, invejando-os por beneficiarem de um banho do sol, de um banho da chuva, das brincadeiras de empurra-empurra com o vento, coisas que eu nunca receberia do meu pai.

Não que o meu pai não tivesse carinho para dar. Tinha. Mas dedicava-o aos copos, acariciando-lhes as bordas. A despir e a cuspir suas sementes em donzelas que ele ia trazendo, ano pós ano, para o seu harém, com as quais fazia filhos e mais filhos.

Não que o meu pai gostasse de filhos. Gostava era de não trabalhar. Ser preguiçoso, alimentar-se do esforço das mulheres e dos filhos, negando-lhes o futuro.

Era sobre o meu futuro que minha mãe vinha falar. Tinha a orientação de vir sequestrar-me o futuro para corrigir o passado da família.

— *O teu pai te quer como peça sobressalente da família.*

Fui alvejada com estas palavras quando a minha mãe recebeu autorização para se instalar no meu quarto, sentar-se na minha cama e ficar à vontade. O que saiu do cano da boca da minha mãe, a julgar pelos dois cursos de lágrimas que lhe brotavam das nascentes dos olhos e desaguavam nas maçãs do rosto, também a tinha atingido.

Calou-se, enquanto dos seus olhos ainda vertiam lágrimas. Estendeu-me as mãos. Queria consolar-me e desse exercício ganhar alívio.

Sem saber ao certo para que minha mãe me vinha buscar, decidi pôr em prática a ordem. Ensaiei despedir-me da minha patroa. Não resultou. Acenei-lhe apenas, a minha mãe é que corrigiu a minha infantilidade. Sentou-se com a patroa e agradeceu-lhe por tudo quanto tinha feito por mim. Mas ela tem de ir — desabafou — o pai dela não ouve razão.

*****

— *Pensaste que tinhas escapado, né?!*

Depois de dizer isto, o meu pai molhou o chão com cuspo. Aquela era a maneira como desprezava os seus. Não lhe retribui o gesto por respeito à paternidade. Como pangolim, enrolei-me por uns minutos, rezando para que o velhote abandonasse a cela em que acabava de entrar.

Com a cabeça enterrada por entre as coxas, ainda vi o meu pai puxar o seu arco e flecha e tomar o caminho da caça. Eu tinha pena dos animais que poderiam ser caçados pelo velho, porque, na verdade, quem deveria ser caçado era ele, que praticava desmandos na família. Era ele que andava a vender tudo e todas as minhas irmãs. Em troca de álcool para se embriagar e esquecer-se das suas responsabilidades. Ele que se banhava no álcool e queimava celeiros prenhes de alimentos. Ele que diminuía a montanha das nádegas das suas mulheres quando se agitavam para o mundo. Sim, o pai devia ser caçado, perder-se na própria armadilha, que era a sua vida.

Quando o meu pai se perdeu no horizonte, eu saí a visitar umas amigas, as quais me receberam com espanto e pranto. Como é que eu ousava regressar ao calvário? Questionavam-se elas. Por acaso, eu tinha um pretendente de longa data, que andava a entulhar a minha família de presentes à espera de que eu donzelasse, de que o meu peito se arredondasse e de que o meu traseiro se recheasse, pronta para servir como troféu, fresquinho, a cheirar leite, no perímetro de um leito?

Bem que o meu pai poderia ter cometido uma dessas desfeitas: andasse ao longo da vida a beber rios de aguardente de um pretendente meu, prometendo liquidar a dívida quando eu estivesse pronta para ser lobolada. Aliás, bem pensado, podia ter sido este o motivo que levara o meu pai a ordenar a minha mãe a fazer busca e captura na cidade e trazer-me como uma presa.

Avisada disso, achei por bem não conversar com nenhum homem, sob pena de ser acusada de adultério e ser vaiada na praça pública. Como acontecera com Micaela, uma dessas vezes. Explico-me. A Micaela, que agora tem 25 anos e 5 filhos, foi vista a namoriscar com um jovem da sua idade e foi acusada de adultério, justamente porque a família já tinha um longo passado a receber presentes de um pretendente seu. Bem dito: Micaela, mesmo sendo adolescente, já era esposa de um homem adulto.

Sem julgar com a régua da legalidade, Micaela era adúltera. A informação circulou rápida, e uma multidão cercou-a para apupos. A miúda deixou-se humilhar e depois molhar-se em lágrimas, ouvindo repetidas vezes o adjectivo "puta". A sua família foi obrigada a devolver tudo quanto tinha recebido. A sorte é que os pais dessa menina tinham bois. Subtraíram alguns deles para pagar.

*****

Quando o primeiro sol de 1995 se preparava para secar a humidade que a noite anterior tinha trazido para dar de beber às plantas, a terra e o adobe castanho-claro que dava polpa às estacas entrelaçadas das paredes, eu já estava no interior da casa da minha irmã mais velha a contorcer-me de dores. Eram as minhas intimidades que as produziam, as minhas coxas não se trancavam. Gotas de sangue, secas, coloriam-lhes as margens, denunciando abuso do sexo.

Impura como as águas dos rios onde os mineiros lubrificam o ouro me senti. Era urgente lavar-me, afugentar poluições. Como um minério: voltar a ganhar brilho. E como uma cristã baptizada: nascer de novo.

Fios de água seguiam pelo semblante quando lágrimas adormecidas nas maçãs do rosto começaram a cair, assim como as gotas de sangue que coloriam as coxas. Fui chorando ao ver o sofrimento que cada uma daquelas lágrimas representava, a brutalidade com que o meu cunhado se tinha atirado por cima de mim, ante o olhar e ouvir impávidos da minha irmã, que naquela noite tinha vindo arrumar o meu quarto. Naquela noite, eu chorei e quem se solidarizou, com os gritos, foram apenas as minhas duas sobrinhas, enclausuradas num quarto adjacente, do qual assistiam ao filme sobre como se rouba virgindade a uma adolescente. Minha irmã, condescendente, nem se agitou.

Como se esfregasse uma roupa enodoada, fui retirando a cada mancha daquele homem, gravada nas paredes do meu corpo. E sentia-me feliz neste exercício de depuração da alma até que vi descer do meu poço íntimo um líquido viscoso, igual ao caldo de quiabo, grávido de gingação.

Como que a fazer gáudio aos espectadores, o líquido se susteve no ar, impedido de descer e impedido de subir. Crivado de susto, bradei para os céus, mas foi na terra que tive socorro. A minha irmã, desta vez, se encheu de compaixão e veio ter à casa de banho.

— *Por que estás a gritar, Quinita?*

Veja isso, mana! — mostrei com o dedo apontador — *Uma coisa estranha.*

Um sentimento oposto ao meu teve a minha irmã. Cheia de alegria anunciou o que aquilo era.

— *Isto aí é a semente dos homens.*

Mal a minha irmã disse aquilo, expulsei aquele líquido com a força que só os dedos polegar e indicador têm. Como se fosse uma narina, espremi a minha menina para que aquela semente fosse germinar longe do meu solo feminino.

— *Não adianta fazer isso* — disse a minha irmã — *isso é apenas resto. O muito já está dentro.*

À terra do meu corpo, aquela semente podia já estar grudada? Rodopiei a inspeccionar-me. Mais uma dose de tristeza se instalou em mim. Rapidamente concluí o banho e fui para a casa dos meus pais, com medo de voltar a ser personagem do mesmo filme.

Quando cheguei à casa dos meus pais, a minha mãe não me quis encarar. O pai é que me arremessou um questionário, que visava a servir mais como instrumento de ameaça do que para ser respondido.

— *Tens que voltar* — iniciou o meu pai — *é uma questão de tradição. Eu já não tenho bois para devolver ao teu cunhado.*

Voltei e continuei a ser violada até que anunciei gravidez. A minha irmã e o meu cunhado se alegraram. Por ordens dos mais velhos, fiquei trancada durante o período em que a minha barriga se inchava como um balão soprado pela boca celeste.

Foi o meu bebé que me soltou da cadeia em que eu estava presa. Ele libertou-se do útero para libertar-me das paredes daquela casa. O meu cunhado festejou. Mas a minha irmã nem tanto, foi um ar de alívio que ela expirou, igual ao do meu pai, que veio com brevidade quando soube que eu tinha dado à luz, só, adivinhem, para saber de que sexo era a criança.

Quando o meu pai soube que a criança era um menino, se apressou a abraçar, com muita efusão, ao meu cunhado. E desse abraço, ouvi o seguinte.

— *Dívida paga. Já não vou devolver nada do que me deste pelo lobolo da minha filha.*

— *Sim, pai* — respondeu o meu cunhado — *acordo selado.*

No fim da visita, o meu pai pegou-me pelo pulso e anunciou saída. Eu, sem violência, sacudi-lhe a mão. Queria pegar o meu bebé.

— *Quero levar o meu bebé* — manifestei, estendendo os braços à minha irmã para que ela depositasse neles o meu filhote. Mas a minha mana não correspondeu ao gesto, inerte. Foi o meu pai que explicou a inércia.

— *Este bebé fica aqui. Pertence agora à tua irmã. Tu fizeste-o para ela. Assim salvaste-lhe o casamento, pois ela só fazia meninas.*

— *Mas…*

— *Mas o quê?* — ameaçou o meu pai — *isso é tradição e pronto. Vamos para casa.*

Obedeci e saí caminhando com o meu pai, pensando como a tradição tinha sido cruel comigo. A ponto de me ter tirado da cidade só e só para salvar o casamento de alguém e evitar que o meu pai devolvesse tudo o que tinha recebido de lobolo, o que, em boa verdade, ele tinha entregado ao álcool.

DIAS RAROS

João Anzanello Carrascoza

E vinham as férias. O menino tanto as esperou que, ao chegarem, ele nem mais surpreso, a longa demora o levara a um estado de esquecimento, como se perdesse a aptidão para desfrutá-las. Porque naquele então, os dias quase não se moviam. Era o tempo sem pressa da infância, e o menino feliz como se à beira de um rio, para nadar.

Não que desgostasse da escola; as férias lhe traziam outros saberes, e ele queria prová-los. Mas, de repente, no primeiro dia delas, nem bem se vira livre, entregue às horas sem deveres, eis que o pai vinha com a novidade, *você vai passar uns dias com a sua avó*. E não era a avó de sempre, mãe da mãe, que morava ali, na mesma rua, mas a outra, a avó de visita, mãe do pai, que vivia na cidadezinha, tão distante, de quase nunca a ver, frente a frente, nem na memória. O menino deslembrava. Nutria afeição pela avó, sim, mas só a resgatava pelos sentidos, e os sentidos enevoado pela confusão do momento. O menino, raso com as coisas, ainda não as manejava direito no entendimento.

A mãe fez a mala, cantarolando, nada lhe parecia anormal, ao passo que o menino se repartia entre assimilar a ordem dada e a sua vontade própria, recordando-se das muitas vezes em que ouvira em casa, *Criança gosta de criança*, e, em atitude contrária, os pais o enviavam para longe, só ele e a avó, no outro extremo de sua idade. Por quê? Incompreendia o motivo, o mundo não, o sempre sim imposto pelos maiores. Amuou-se, sofrendo seu ser frágil, até a noite cair, leve lá fora, pesada sobre ele. O menino nem partira e já amplo de tristezas.

Lá se foi, com o pai. E a viagem se deu na certeza, no comum, na regularidade. O tempo se alargou como um elástico e, então, chegaram. O verão reinava, uma claridade vívida envolvia a cidadezinha, e o menino dentro de si, escondido num canto dele mesmo, as mãos segurando forte o boneco e o trenzinho, o consolo para seus dias de exílio.

À porta da casa, a avó os esperava, atrás dos óculos, a cabeleira grisalha. *Entrem, entrem, fizeram boa viagem?* Beijos e abraços ligeiros, não eram de muitos agrados, só olhares ternos, e os três já na cozinha, aroma do arroz refogado, e, superando-o, o do feijão com louro, a carne a frigir na panela, o suco de tangerina sobre a mesa, o preferido do menino. E ele admirado, a avó se lembrava de seu gosto; mas, em vez de se alegrar, aborrecia-se mais, era impossível agradá-lo, haviam-no arrancado de seu mundo - pequenino, quando nele; e, agora, imenso, pela saudade.

Sentaram-se à mesa, as palavras iam e voltavam entre o pai e a avó, como as travessas que um passava ao outro, e o menino sem fala, arredio, querendo saciar sua fome de si, de suas estripulias. De seu território, soberano, só possuía o boneco e o trenzinho. E continuava nele, atrasando-se em aceitar aqui, todo fiel ao lá. Os dois não se esforçaram para incluí-lo na conversa, mas se revezaram em perguntar. *Quer mais arroz? Não gostou da couve?, Está chateado?*, ao que ele respondeu, Não, Sim, Não.

O pai foi tirar um cochilo no sofá, a avó na cozinha com a louça. O menino debruçou-se à janela; além do vidro o jardinzinho, a rua vazia, o ar raro - era apenas o começo da solidão. Uma sílaba, a primeira, de seu martírio. Permaneceu ali, apartado de tudo, a alma encolhida, à espera da piora.

Não demorou, o pai se ergueu, disse. *Daqui uma semana volto pra te buscar*, e o abraçou. O menino pousava sólido, mas era todo líquido, quase se derramando. Não, não ia chorar. Despedira-se, digno, da mãe, com quem podia fraquejar, ainda em seu espaço, e, nesse outro, estrangeiro, tinha de se conter perante o pai.

Deu-se, enfim, a hora dele e da avó. Ia começar a eternidade. Ela, ciente de seus sentimentos, não o mirava com imensidão, mas miudamente, disfarçando, como se não visse o seu desencanto. E, já que o menino não escolhera estar ali, ela quis lhe oferecer outras alternativas, a cor da toalha de banho, *Azul ou verde?*, a cama onde dormiria, *A de solteiro ou a de casal, comigo? Lanche da tarde, Pipoca ou cachorro-quente?*

E o neto nas suas preferências, menos triste, mas ainda remoto. Decidiu deixá-lo em seus silêncios. *Estou lá no quintal*, ela disse, e saiu pela porta da cozinha.

O menino com os brinquedos entre as mãos, solitário. Observou a luz da tarde se espichando pelo corredor e foi em sua direção. Nunca viera àquela casa depois de crescido, a avó é quem ia de visita, sempre, à capital. Por isso, espantou-se com as árvores e suas sombras tremulando no chão de terra. O interesse reacendeu o menino, uma fagulha que podia se apagar, e vendo-a no rosto dele, a avó perguntou, *gostou da jabuticabeira*? E o atiçou. *Venha, venha experimentar no pé, é uma delícia*, e ele foi disposto a resistir à paz que ela lhe propunha. Continuava aborrecido, mas a intolerância já não operava em máxima rotação e quase cessou, quando ele chupou o caldinho das primeiras jabuticabas, tão doces as pequenas, tão tentadoras as graúdas...

Dali, misturado à galhardia, viu a avó a cavoucar um canteiro, de onde brotavam tufos de ervas, de diversas tonalidades, como se fossem a pele da terra, e aquele arranjo colorido o atraía. Foi até ela assuntar: já não era só menino-respostas, mas também menino-perguntas. *O que é isso*?, murmurou, e a avó, *Uma horta, querido*, e ele, *O que a senhora tá fazendo?*, e ela, *Afofando a terra*, e ele, *É tudo alface?*, e ela, sorrindo, *Não*, e apontou as folhas lisas, verdeclarinhas, os maços crespos, verdescuros, e seus nomes, *Acelga, almeirão, escarola*. Ali, mais ao rés do muro, *Veja*, as plantas de tempero... E estendendo para ele um galhinho que apanhara, a avó disse, *Cheira*. Ele cheirou. E era a hortelã. Ela pegou outro, distinto, e o deu ao menino, que sorveu seu aroma. E era o alecrim. E depois era o manjericão. E a avó o instigou a tocar a folhagem das verduras, a sentir a aspereza de umas, a finura de outras, a morder os ramos de erva-doce, de salsa, de cebolinha. De repente, o pesar dele se enfiava no canteiro, e lhe saía das mãos, ao tocar as plantinhas, uma semente de alegria, tênue, tênue, como o instante que perpassava os dois, enquanto espessos eram os torrões de terra se infiltrando sob suas unhas. Demorou a perceber que a avó pedia ajuda para levantar-se e nele se amparou até a porta da cozinha, *Estou meio fraca*, disse, e, às apalpadelas, chegou à pia, onde lavou as mãos e o rosto. *É a idade*, sorriu, sentando-se, e o menino só olhos, não sabia ainda ir à raiz dos eventos, só via o que saía deles, o tronco, os galhos, as folhas, mas não o que lhes dava sustento, o que ocultamente produziam antes, em silêncio.

Depois, seguiram para a sala, ele a fazer desenhos num papel, ainda se estranhando ali, menos contrariado pela experiência no quintal; ela a ver uma revista, um olho nas páginas já muito manuseadas, outro na página viva à sua frente - parte de sua própria escrita. Entardeceu. A avó foi cuidar da casa, o menino só, outra vez. E veio o banho quente, o ruído das cigarras, o jantar, os vultos nas casas vizinhas, o coração espremido de novo, a saudade dos pais que o submetiam àquela provação.

Diante da TV, a angústia vazou e ele pediu, baixinho, *Posso ligar em casa*? Podia, *Como não?* A mãe perguntou se estava tudo bem; fingiu felicidade, não queria dolorir a avó, e era felicidade justa quando falou da horta, do quintal, *As jabuticabas, tão docinhas, mamãe...* Mas, em seguida, veio a ordem, *Passe o telefone pra vovó*, e ele de volta à sua resignação, sem mais ninguém. Sobreveio o sono. Abraçado ao boneco e ao trenzinho, adormeceu, em sobressaltos, escutando o relógio de pêndulo na sala, uma confusão de imagens, tanto escuro naquele dia, só o canteiro de ervas em luz.

Ao amanhecer, viu-se atrás da avó, para lá e para cá, sem notar que era tudo o que ela desejava e, no fundo, um jeito de ele mesmo desentristecer. Acompanhou-a ao mercado e, no caminho, vieram umas perguntas que ele foi respondendo. De súbito, já narrava a ela umas coisas de sua vida, os amigos da escola, a professora, *Já sei contar até cem*, os jogos de futebol, a coleção de cards, *Tá faltando só dez*, e, tanto ela o incentivava e o ouvia com atenção, que sentiu gosto em dizer o que dizia, e, dizendo-o, se tornava alado, novamente menino. Na volta, carregando as sacolas, pisava com satisfação o sol entre as sombras da calçada, mirava a copa das árvores, o céu de azul lindo, sem entender direito a calma que o dominava. E a avó, devagarinho, vendo-o à sua frente, ultrapassava-se em alegria, e a maior delas ali, o momento-já a apanhar os dois na rua, o bonito de descobrir que o fruto se produzia em qualquer lugar, *Me espere, não vai tão depressa*, ela pediu, e ele, atendendo, *Tá bom, eu te espero...*

Em casa, a avó ao fogão. O menino no quintal: tirou os sapatos, os pés na terra, humilde. Trepou na mangueira, ficou em seus galhos, empoleirado, sorvendo o frescor do vento à sombra. Nem vivia mais nele as querências de ontem. Assustou-se com os passarinhos; vinham agilmente, cortavam os espaços, coloriam o ar, pousavam, a cabecinha gira-girando.

E seus voos, repentinos, a cantoria, todos no tranquilo, o menino inclusive, sãos e simples. Depois, quando a avó veio ao canteiro colher alface, *Vou fazer uma salada*, ele correu até ela, *Deixa eu te ajudar, vó*? E gostou de mexer novamente na terra, seca na superfície, úmida lá dentro, onde era a verdadeira, onde pulsava seu coração granular.

E foi assim: aos poucos desabava o edifício de seu não querer, ele mesmo o demolia, ele e o amor da avó, que, ao varrer a cozinha, também ia se adaptando a amá-lo do seu jeito. Fizeram tantas coisas juntos que o dia se encompridou: assistiram a desenhos animados - o menino a explicar quem era quem, Pica-pau, o Papa-léguas, o Piu-piu, *Olha lá, vó, aquele é o Frajola* - e jogaram dama, e comeram bolo de fubá e riram e silenciaram. Mais tarde, ela arrumou umas gavetas, *Vou dar essas roupas pro asilo*, e ele ao seu lado, folheando-a, em estudo, feito um livro. Não lhe doía mais estar ali.

Vieram os outros dias. E tudo se repetiu no variado da vida. O mais querido do menino era o quintal, o entre as árvores, os cuidados com a horta, e tão bom que a avó resolvera semear, ampliar uns canteiros, adubar as verduras. Num canto da sala, o boneco e o trenzinho, abandonados. Agora, o mundo não pedia sacrifícios ao menino, só o que ele podia dar. Descobria, de repente, a parte secreta de si, o leve do viver, e o mais leve era vivê-lo com alguém, falando de si e das coisas, para assim suportar tudo que sentia, *Vai demorar pra crescer os tomates, vó?, A senhora faz hoje batata frita pra mim? Os passarinhos estão bicando as laranjas!*

E dividiram outras tantas horas, que a semana se esgarçou, e, ao fim de uma manhã, tagarelando na varanda, o menino viu o pai avultar. Era o tempo de voltar. *Mas já? Tudo ia tão rápido quando a felicidade vagava na gente...*

Almoçaram. O pai se espichou no sofá, logo cochilava. A avó refez a mala do menino, ele à sua margem, sem entender a iminência do fim. A alma, num minuto, reaprendia a sofrer.

Perto do carro, recebeu o abraço da avó, e rápido se soltou. Não queria se entregar mais, apenas compreender o que acontecera. E, num clarão, compreendeu. Era aquilo. Sempre uma ida às coisas e sua sequente despedida. Na mesma hora que ganhava a vivência, nele ela se perdia. Sorte que vinha outra, a cicatrizar a alegria ou a abrir nova ferida, também logo substituída. E as pessoas nesse renovar-se, envelhecendo. As pessoas no meio, com suas raízes sujas de terra, cavoucando seus mistérios, bem-querendo-se, e juntas, acima das malqueridas ausências. E todas, todas, o tempo inteiro, indo embora.

O verão ardia, espalhando a luminosidade tamanha. A tepidez da terra na lembrança. O carro se moveu, vagaroso, e o menino acenou para a avó, *Tchau, tchau...* Só não entendia por que, na tarde tão ensolarada, aquela garoa em seus olhos.

Menina Teresinha

Alex Dau

Nos beiços gretados da menina Teresinha, por vezes, pairava um sorriso simpático. Mas, muitas das vezes, ela vivia sorumbática, enclausurada na frustração, que adulterava a sua meninice de apenas quinze anos. Tinha os mamilos já à espreita, na exposição natural que a puberdade impõe.

E cada vez que ela franzia a testa, desenhava-se uma ruga fina na sua tez escurecida, ainda mais pelos calores dos trópicos facultados pelo Verão implacável que assolava todo o país.

Órfã de mãe, desde os cinco anos, Teresa, Teresinha tal como o pai, o senhor Benedito Mosse, a chamava, tornou-se numa dona de casa e enfermeira precoce, pois tinha de cuidar do pai enfermo e cozinhar para si e para o seu paciente, que vegetava, na única esteira que possuíam.

Mário Domingos, filho primogénito do finado Amado Domingos, herdeiro único das dez cabeças de gado deixadas pelo pai, era o indivíduo mais abastado da vila, mas também o mais infeliz, pois vivia num celibato involuntário. Aos trinta anos, com a calvície a devastar-lhe o coiro cabeludo, Mário começava a desesperar de contrair matrimónio, julgando-se subjugado por uma maldição. Pela boca do povo, dizia-se que ele estava casado com um espírito feminino, que o queria todo para ele. Já no auge do desespero, Mário descobriu Teresa, e se apaixonou, logo no primeiro contacto visual que trocaram, sustentado pela cumplicidade da menina, que disparava olhares sedutores, sempre que se cruzavam. Desenvolveram um namoro secreto, até serem descobertos. Então, Mário apresentou-se ao senhor Benedito a pedir a mão da Teresa. Estava disposto a oferecer duas cabeças para lobolar a futura esposa. Apesar da proposta aliciante, o senhor Benedito recusou-se a ceder a sua única filha. Queria que ela continuasse a estudar.

Um ano depois, quando Benedito adoeceu, dizia-se, pela vila, que Mário é que enfeitiçara o futuro sogro, para que este morresse e ele se casasse com a sua amada, sem nenhuma condição.

Teresa calcorreava mais de dez quilómetros, desde a sua casa até à escola primária do primeiro grau. Gastava mais ou menos três horas, para chegar às sete, já cansada de caminhar. Chegava também faminta, pois cedera a última batata-doce ao pai.

Ia à escola aprender com professora Mafalda, que tinha de implementar o novo currículo escolar aprovado pelo

Ministério da Educação. Frequentemente, a menina Teresinha gazeteava as aulas, para cuidar do seu paciente.

De olhos esbugalhados, sempre olhava para o quadro negro, onde ficavam parados caracteres, os quais ela não conseguia ver, porque em sua retina trazia gravada a imagem do pai.

— *Quem foi o primeiro presidente de Moçambique?* — questionou, uma dessas vezes, a professora.

Muitos braços pararam no ar, eram alunos activos, prontos para responder.

— *Teresa, responde a pergunta!* — ordenou a professora. Os colegas fuzilaram-na, com olhares curiosos.

Teresinha errou pelo mundo dos seus tormentos. Quando despertou, coçou a carapinha desentrançada e acastanhada pela poeira, que reinava no bairro suburbano, onde vivia.

Os colegas desencadearam gargalhadas, atingindo-a sobremaneira. Ela olhou, estupefacta, para a professora, sem nada dizer, depois ficou com o rosto marejado de lágrimas, que lhe chegavam à boca, já sem sabor.

Quando as aulas terminavam, ela distanciava-se de todos e rumava em direcção à sua palhota. Atenta, uma dessas vezes, a professora interpelou-a, disposta a averiguar o que se passava.

— *Andas doente, Teresa?* — questionou a professora.

Ela continuou calada, com o olhar carrancudo. A professora sentiu um misto de dó e impaciência, e não conseguiu incentivá-la a falar.

— *Quero ajudar-te!* — prometeu a professora.

Teresa desconfiou: haveria no mundo quem a quisesse ajudar, se mesmo os familiares do pai e da falecida mãe não queriam saber nada dela? E desencadeou uma correria, deixando para trás a professora, que, aparvalhada, ficou no meio da rua.

Nos dias que se seguiram, Teresa faltou às aulas. A professora apercebeu-se das ausências dela. Procurou pelo director da escola e abordou o problema das faltas frequentes da sua aluna. O director concordou com a proposta da professora, de visitar Teresa, para apurar o que se passava.

A professora Mafalda descobriu o bairro onde a sua aluna residia, mas, para alcançar a ruela de acesso, tinha de ser transportada num "tchova", para atravessar o riacho gerado pelas últimas chuvas, que se abateram sobre a região sul de Moçambique. A professora precisava de ver Teresa, era um sentimento indistinto, a sua aluna fazia-lhe lembrar uma irmã que perdera durante a guerra civil.

E reencontrou Teresa. Esta recebeu-a, após o que voltou a juntar-se ao pai para continuar a alojar-lhe um pano molhado na testa e lhe baixar a febre.

A professora viu um corpo esquelético e moribundo deitado na esteira, e sentiu um calafrio a percorrer-lhe todo o corpo.

Todos os médicos tradicionais locais, a que se recorreu, foram incapazes de sanar a enfermidade que aniquilava o senhor Benedito, pai de Teresa.

— *Já o levaram ao Hospital?* — questionou a professora, sem esperança de obter resposta positiva, pois sabia que o hospital rural distava cinquenta quilómetros do centro da vila.

— *Não!* — respondeu Teresa, evasiva.

Professora Mafalda foi invadida por um sentimento de ternura, que a deixou desorientada, entendeu que urgia ajudar o enfermo senão Teresa também ficaria órfã de pai.

No dia seguinte, transportaram o doente na carroça puxada por um burro, que partiu, a meio trote, consumindo léguas, deixando para trás Teresa, que insistira em acompanhar o pai, mas a professora a convenceu a ficar. O pai seguiu na companhia de um indivíduo atencioso, que é amigo da professora e que se predispôs a acompanhá-lo.

A professora acolheu Teresa em sua casa, e procurou consolá-la.

Um dia depois, o acompanhante regressou e procurou a professora para informá-la do diagnóstico feito pelo enfermeiro do Hospital Rural.

— *Dizem que ele é doente de sida, e que está num estado avançado, que nem os retrovirais de distribuição gratuita o poderão ajudar!* — afirmou, sentido.

Mafalda não se conformou, e, no mesmo dia, partiu para o Hospital Rural, na companhia de Teresa, que teimava terminantemente em acompanhá-la. Alcançaram o hospital já no fim da tarde, quando o sol se punha, mas ainda restava alguma luminosidade a emprestar um brilho aos olhos de Teresa, que estava ansiosa por rever o pai.

— *A única esperança é comprar retrovirais mais fortes, mas infelizmente esses são caros e só se encontram na cidade!* — asseverou o enfermeiro.

Elas entreolharam-se, caladas, com os corações destroçados. Urgia encontrar dinheiro para curar seu pai.

Regressaram à vila nas primeiras horas da manhã. O sol espreitava por entre nuvens cinzentas, xiricos chilreavam no galho das árvores, mas nem o cântico dos pássaros aliviava o eterno sofrimento, que escravizava a alma de Teresa. Caminhava cabisbaixa, na companhia da professora, que desistiu de cogitar sobre a possível cura do senhor Benedito.

Mário Domingos ainda não tinha desistido de lutar pela sua amada. Esperava, pacientemente, um dia, casar-se com Teresa, embora o pai desta fosse contra a sua relação. Desde a proibição do namoro, eles encontravam-se em lugares recônditos, onde namoriscavam em plena luz da lua, que os enchia de esperança.

Infelizmente, Teresa começava a perder interesse pelo namoro. Nas vezes que Mário se encontrou consigo, enquanto o pai andava gravemente doente, sempre se mostrava fria nos contactos íntimos que trocavam.

Apartaram-se um do outro. O tempo foi passando, Mário desesperou, mas continuava cativo pela mulher da sua vida. Mas, para mostrar o apreço que tinha pela amada, procurou pela Teresa na casa da professora. Encontrou-a pilando milho, tensa. Em cada músculo do seu rosto estava patente o sofrimento que ela tentava dissipar, em cada movimento que fazia, com o pau do pilão.

— *Quero ajudar você, Teresa!* — ofereceu-se Mário.

A sua amada realmente precisava de ajuda, mas não sabia o que Domingos podia fazer para ajudá-la. Não demorou, porém, a recordar-se de que Domingos a quisera lobolar com duas cabeças de gado, e que o pai se recusara.

— *Ainda me queres lobolar?* — questionou serena.

— *Sim, porquê?* — quis saber Mário.

Teresa manteve-se calada, e retirou-se para parlamentar com a professora. Explicou-lhe sobre a vontade, que sempre existiu, de Mário a lobolar com duas cabeças.

— *Posso vender o gado, e conseguir arranjar o dinheiro, de que precisamos, para comprar os remédios para o papá.*

Os pés do dançarino

Conceição Evaristo

Davenir era o que melhor possuía a arte dos pés na pequena cidade onde tinha nascido, em Dançolândia. O dom de bem dançar era uma característica comum de todos os que ali tivessem nascido, ou que porventura tivessem escolhido viver na cidade. Dizendo melhor sobre Davenir, é preciso afirmar que no moço não era só a competência nos pés que fazia dele, quem ele era, mas o corpo todo. Tudo nele era habilidade para a dança. O corpo e todas as minúcias. O olho, a boca, o cabelo lindamente crespo em desalinho. A dança estava tão entranhada no corpo de Davenir, que alguns diziam que nem com amores Davenir se preocupava. Na dança, o gozo, o prazer maior. Aos sete anos, tendo observado aulas de dança em programas de televisão e participado dos bailes familiares, ele já dançava samba e tango. A família adivinhando para ele um futuro profissional, enfrentou todos os comentários jocosos e colocou o menino em aulas de balé. Não deu outra. Tudo certo. Davenir foi se tornando cada vez melhor. Aos quatorze era ótimo aluno nas aulas de balé clássico, de balé moderno, de balé afro, de sapateado e mesmo de dança do ventre, sem se importar com os ignorantes comentários emitidos ali e aqui. E, em meio a tantos progressos, o moço que "dançava com a alma nos pés", elogio dado por um renomado crítico de dança -, seguia se destacando mais e mais. Contemplado com bolsas de estudos, inclusive para o exterior, lá se foi Davenir experimentar palcos e danças de outras culturas e exibir a sua natural versatilidade. Em uma mesma apresentação, ele era capaz de dançar uma congada mineira, um batuque afro-tietense, uma dança tcheca, como a polca, um reggae da Jamaica e do Maranhão, como também imprimia graça e verdade ao corpo, quando apresentava um rap. Era tanta a habilidade, o dom, a técnica do moço, tanta competência, tanta arte tinha Davenir, que não havia nomeação certa para ele. Bailarino, dançarino, dançador, pé de valsa, pé de ouro de todas as danças... E com tanto sucesso merecido, o moço esqueceu alguns sentimentos e ganhou outros não tão aconselháveis. Os conterrâneos de Davenir foram testemunhas do que aconteceu com ele um dia. E entre lamentos contavam o fato, e desejavam ardentemente que Davenir reencontrasse os seus perdidos pés. Vejam como o fato se deu:

Quando Davenir regressou à Dançolândia, um grande baile, na praça da cidade, foi organizado para esperá-lo. O evento era de agrado de todos, pois o dom da dança era de pertença de quem ali havia nascido e de quem chegava para ficar. O slogan da festa era "O importante é dançar". Não houve quem ficasse em casa; das partes mais longínquas da cidade, as pessoas saíam em direção ao local do festejo. Todos estavam saudosos do filho da terra que "dançava com alma nos pés", aliás, slogan que os dançolandenses tinham ampliado, criando uma máxima: "só dança bem, quem a alma nos pés tem". E depois de umas poucas horas, que pareceram infindas para o público, Davenir chegou à praça, pronto para receber as homenagens. Chegou certo de que era um tributo merecido e de que outras celebrações deveriam acontecer. Para Davenir, a cidade deveria curvar-se aos seus pés, pois tinha sido graças a sua arte que um lugarzinho como aquele tinha se tornado conhecido no mundo. E, na vaidade do momento, Davenir nem prestou atenção em três mulheres, as mais velhas da cidade, que estavam postadas nas escadas do coreto, em que ele deveria subir. Passou por elas, sem sinal de qualquer reconhecimento. Também não percebeu o abraço lançado ao vazio que elas fizeram em direção a ele. Davenir pensava só na homenagem que iria acontecer e nas fotos que seriam tiradas dele com as autoridades da cidade.

E depois de apresentações que levaram o público às lágrimas, Davenir emocionado se preparou para deixar o local. Ao descer as escadas, foi que ele reconheceu as respeitáveis anciãs da cidade. Elas estavam ainda de braços abertos, esperando para abraçá-lo e receber os abraços dele também. Foi quando Davenir se viu menino novamente e nesse instante reconheceu que a mais velha das velhas, era sua bisavó. Ela tinha sido a primeira pessoa que distinguiu nele o dom para dança. A segunda velha tinha sido aquela que um dia, com oração e unguentos, curara milagrosamente, o joelho deslocado dele. Acidente que ele sofrera, em véspera de uma grande apresentação. E a terceira, Davenir não conseguia se lembrar, de quem se tratava, embora a fisionomia não lhe fosse estranha. Mas nem assim Davenir parou para acolher o carinho das velhas tão marcantes em seu destino. E, à medida que descia as escadas e seguia o caminho, uma dor estranha foi invadindo seus membros inferiores. Foi tomado também por um desesperado desejo de arrancar os sapatos que lhe pareciam moles, bambos e vazios de lembranças em seus pés. Susto tomou ao puxar os sapatos, quando sentiu as meias vazias. Deu pela ausência dos pés que, entretanto, doíam. Nesse mesmo instante recebeu de alguém da casa um recado da Bisa, a mais velha das velhas. Os pés dele tinham ficado esquecidos no tempo, mas que ficasse tranquilo. Era só ele fazer o caminho de volta, para chegar novamente ao princípio de tudo.

Este livro foi impresso na RENOVAGRAF,
para a Editora Malê, em outubro de 2021.